関口彰詩集

Sekiguchi Sho

新・日本現代詩文庫
153
土曜美術社出版販売

新・日本現代詩文庫 153 関口 彰詩集 目次

詩篇

詩集『薔薇の涅槃まで』（一九七一年）抄

詩集『海への道』（一九八七年）全篇

詩集『風はアルハンブラに囁いた』（二〇〇六年）全篇

エッセイ

解説

年譜

詩篇

詩集『薔薇の涅槃まで』（一九七一年）抄

父に

Ⅰ

わたしは足をみがく男である。
誰のともしれない、しろいやはらかな足をみがいてゐる。
——大手拓次

孤闘

未明の冷えた眠りから醒めず
疾走する朝の陽のきらめきのなかで
重く頭を沈めてゆく
ひっそりとのたうち回る夢の嵐
風が薫るなか
かなしき愛育の揺籃で
浅い眠りに疲れてもなお
静かな肉體でありつづける
薔薇の洪水のように騒然とした
しらみかけた地平に横たわる脳髄
いまだ夢みつづける憔悴した額から
汗が流れ
淋しさの慰安に耽った深夜からの
苦悶を浮かべる
投げ出された不動の肢体のどこかで
私は立ち止まっているのだろうか
匂って来る緑のような腐敗がある
咽喉《のど》が渇き
実在のない首がさまよいつづけ
めくるめく光の眩しさのなかにあるような
せつない不明な浮上がつづく
胸の鼓動が収縮して逆流をはじめる
ああ、血の典雅などよめき
私は小鳥のように

狂うような悲鳴をあげかねない
外にはもはや陽炎が立ちのぼり
部屋の外部を焦がしている
腐爛の寝台は軋む
聖なる時間なのか
苦闘にまみれた顔をあげることもできずに
私はなおも眠りつづける

暗い町

月のない晩
薔薇のように咲いた心臓が高鳴るのを押えて
重い決意をした男
火照るような舌先で
暗い町から逃走だ
この絶望の町

男は暗いはらわたを横たえて生きてきた
魚のように静かな町のひとりだ
闇の狂気が毎夜ふるえるように
海のような静かなすすり泣きを誘う
部屋は
狭く嘆きで汚れていた
星の降るような闇の空へ
屋根から飛ぼうとしたことがある
くしゃくしゃの顔をして
古畳に寝転んで苦しんでいたのだ
女に祈るように抱かれようとしたことも
いまは想い出ばかり
町のふかいふかい底にひそんで
くちずさむ唄のように過ごしていつも
夜明けを待ったのだ
男は眠りにつきながら
あぶら汗ばかりを流していた

ほんとうに生きるということは
いつからか男は口癖になった
迷信好きな男で
両足の脛に貼ったのはまじない札
買込んだ大きな魚を抱えて
暗い路上に走り出た
影のように男は走る
迷走の
熱情にささえられて夜明けまで
駆け抜くのだろうか
あえぎながら孤独の
よろめきながら語る夢はほそく
星のような町へと飛ぶ
闇から闇へのめりこむ
寝静まる町は恐怖だ
灯りだけが風に濡れている
いつからか胸に風穴があいて
そこだけがぽっかり月のように明るい
谺のように馬鹿だ馬鹿だと罵ると
どこまでも響き
男はかなしくあえぐのだ
抱えた魔よけの魚はくさっていた
闇に目玉が淋しく光る
くさった魚を捨てることは
生きるようにむずかしい
腥い汗いっぱいにまみれている
幸福などあるものか
上着を路上に捨てた
深い町の眠りの中で
孤独な男の狂い走りだ
ふあんな町を
止まらない男は
ほとばしる命の殺気がたとえ
橋の欄干を叩いて渡ったとしても

起きては来ぬであろうから巨大なその町を
どこまで走ればよい
咽喉がかすれて血が滲み
言葉ひとつ吐けないのだ
もう走れまい
逃げられぬ
町の眠りが深すぎるのだ
起こさなければならない
立ち止まって
男は町に火をつける

傴僂よ

あなた傴僂《せむし》よ
奇形に泣く孤絶の運命よ
雨の降りしきる街の舗道に
今日も踊り出た
佇む不調和のアンブレラ
歩いて行く
八方破れの神経で
片足をひきずるように
過去の袋をぶら下げて
やぶにらみの眼《まなこ》は
慰安の未来を凝視《みつ》めるのか
骨肉が冷たい滴に濡れて
堅くきしむだろう
瘤起したはずかしい肌が痛む
あなた傴僂よ
奇形に泣く孤絶の運命よ
明日のはじまりか
昨日のおわりか
立ち止まってもその荷を下せずに
どこを歩いている

七転八倒思慕の嵐に
この肢体との悲しい風車
人に隠れてカラカラと笑うだけ
疎ましく
人間である事実を抱えて
押し黙る
やさしきもの淋しき外形よ
呪いから離れて
あなたの眼にしみるものはなに
あなた傴僂よ人間よ
どこらから来た
赤い舌を出し闇に消えても
夜明けの地平を
ひとり歩まねばならぬ

夏の女

衰弱した背の高い女と
稀薄な朝のくちづけをした
生の欠落がその浜辺で
向日葵のように揺ぎ
花粉からその女と私は
ひどくむせんで
朝の町なみを歩きはじめた
いつだってその女は
自分から口をきいたことがない
その朝の海の物語でも
悲しい夢をみた魚の愛情についても
波止場での思案にくれて
いつも私の船を待っているのだ
驚かないように

風にのせてそっと私が語りだすと
絶望している口もとが赤くふくらみ
花の市場に出掛けて行くのだ

路上の静けさのうえを
私達の手を握り合った影が
およいで行くとき
陽に翳す女のかさかさした體は
心臓がとまっている
沈んでいた決意が甦ったのは
そんなときだ
みずいろの屋根の傾斜はゆきづまり
配達夫の汗の臭いが
牛乳壜の中にも溶け込んで
私達をよぎった
女は握っていた私の手を振りほどく
その愛育の腕の
ほっそりと私に絡む幸福を
投げ捨てていった
そうして
なげやりな気持に冷え込む
蹲る私は
あとで
岬から女がちゅうに舞ったと
聞かされた

暗くヒヤシンスを唄え

どこから訪れようか
ひしめく出発の車内おくふかく
潜り込み
熱気の渦に捲かれて佇み戸惑う

静かに呼吸するあなた
汚辱にあしたも染めて
強張る掌をみつめた
あのさめざめとした偽善者なのか
欲望の電車が揺れて
腐乱する季節の都市を
そっと滑り出て行くとき
焦げつくような決意に
押し黙るあなたは孤独にそりかえる
獲物ににじり寄り
これから
かなしい営みをはじめようと
微笑むのだ
夜明けなのか夕暮れなのか
外は
悩乱する花々が咲き乱れて
蒸れて吹き狂うひそやかな嵐だ

家並はやさしく昏倒して夢見る間に
あなたはようやく
赤い女に手が触れる
後向きの
いつの間に寄りそうようにして
さびしげな後姿へ
語りかけるようにして
すすむのだ
知っているのか知らぬのか
熱くふくらむ腰は熟れて
夕陽を沈めるようにしてあなたの
手はふるえ
ふるえて錯行する
遠く鐘の音が鳴るかなたに
二人して訪れよう
そこまで走らなければ
走らなければならぬのだあなたの

うつくしい過去を
穢れた手で女と乱れて
塔のように倒すためには

熱く火照るのか女は
窓を見るように體を向けた
ふかく母性うずめるやさしげな胸は
静かに波打ち
ふくらんで
波打ち
匂うように近づいて来るのだ
触れようか触れまいか
あなたの腕はためらうように花芯を打つ
握りしめた手があそぶ
そっとそっとすべるように訪れて行こうか
欲望ざわめく谷を下り
絹に覆われたその密やかな土地へ

見ろあなたの女は
じっとりとしみ出る汗に濡れて
息を殺すようにして
喘いでいる
もうこれまでか
そのいたいけな姿の
やさしい抱擁にも泣くだろうから強く
あなたは抱きしめたいのだ
あなたの意志はほそい
やはり外は夕焼けなのか
あざむかれた平野のなかを突き抜けるように
欲望に金切り声をあげた
電車は走る
駆り立てられ
あなたと目を瞑る女は
暗い波濤を越え来る
波のまっただなか

あなたは燃える
燃える埠頭にいたたまれずに
茫然と立ち
どうしようもない決意を繰り返すのだ
破裂しそうな情慾を
乱れてしまうほど激しく
嵐に包んで倒さずには
倒さずには輝くばかりの塔を
裏切られ女はあなたをうらむだろうか
あなたの決断の
息苦しい戸惑いの
沈んだ夕陽まで
決意固めて
佇むしろい足から
ひたひたと行き
くろい意志の手は
ああ、出刃のように女を裂く

けたたましい女の声に
叫びをあげる女達
嘲笑う男達
あなたは
生きているのか死んでいるのか
混沌として
乗客が見守るなか
電車の窓をいっぱいに開け
夕焼けに跳ぶ

Ⅱ

ああ！　甕という甕が涸れるのだ。
——ランボオ

夏の扉

なんという物憂い春を通過して来たのか　永遠の思考のように真実な死に近より　命の稀薄な靄のなかで這いずる虫のように呼吸していたのだ　歩行感覚は退化してしまっているようにおもわれ　触覚と嗅覚だけがたよりの生活のようで渇いた湖のように眼は碧く飢えていた通り過ぎる喜びの想念に顫えて　行き止りのない過去をそっと追うとき　叫ぶことを知らなかったわけではない　唇は赤く脹らみ　呻くように咽喉もとまで言葉はせりあがってくるのだが　言い放つときの不安が厚い舌を凝固させてしまうのだ　神経はささくれだち針を刺すように痛んで　衣服を纏っていないかのように肌はひりひりとして火照り　半身体を起こしているという感覚もさだかではないのだ　風のように絶望の感情が戯れていた　向日葵がどこかで揺いでいるのだろうか　死が迫った人間が身のせつなさに悶えるように実在があてどなく浮遊していた　記憶の錯乱だろうか　ひんやりとする朝の砂浜で目醒めているようでもあり　死の季節の回廊を辿っているようにもおもわれた　口や目や耳すべての感覚が塞がれて夢遊の人となり　薄い襞に取

り囲まれて息苦しく溺れて行くのだと様々な色の縞模様が光によって織られている　懐しいような遠い穏《やすら》ぎの香りが満ちている　覚えのない感情の経験だった　狂気がはじまっている足元が割れて白い狭間へ幾度となくこの体が飄って行くような　そして混沌として　ああ　俺はどこへ行くのだろう　狂気のまま不明な夏に突入したのだ　遠い記憶の旅をつづけていたようにおもわれ混沌とした暗い春の回廊を　まだ歩いているような幻覚がつづいた　思考の脆弱さが穏ぎを花のように咲かせていたかもしれない　死への親しげな感情がうすれて夏の緑の半島を少しずつ滑り出したとしたら　この果しなさをどうやって救ったらいい　狂った脳髄のように夏はぶちまけられ　ギラつく緑を誇っていた　鳥は翼を灼かれながらも飛んでいるとしたら　白い果肉に巣喰った愛は　どのような奇形に甘んじているのか　懺悔のように蟬は琅々と鳴きつづけていた　立ち止まらずに歩むしかない　全身から搾るような声が聞こえた　終結の間近を悟るように　陽射しのなかに身を細くして入って行った　灼けつく命を冷やすような風が吹いて来る　ここはどこなのか　いつか愛の希求に頬ずりした未明の　あの大地ではなかったか　涙にくれながら呪いながら　犬のように彷徨した俺の墓地ではなかったのか　出発だ　出発だ　緑《あお》い植物を焦がす若い欲望が煮えたぎり　望楼のように夏の絶望が立ち尽すあのすべての矛盾が　獣物のような顔をしてこの肉体をい

まも責め苛む　眠るように現実に背中を向けた　夢のような女を思念のうちに買った　無惨な過去が海のように広がる道での漂泊者　黄色のカンナが咲き誇る庭に座っていた　これからどのような歩行を取ろうとも陽に灼けたこの肉体にまかせることだ　この双の腕　あゆむ足　やさしげな顔の　俺というこの傲慢な存在がいじめ尽してきたのだから　釈放してやるがいいのだ　暗闇に捨てて分離のまましばらく旅をつづけることだ　陽盛りの夏の坂に出たようだが　繁茂する草木の森を過ぎて来たのか　影のような青い香りを嗅いだ　やがて数時間の後には陽は沈むだろう　太陽の陸地は　争闘に傷ついたひとつの身を夕闇にゆだねるだろう　そしてこの精神の過激は夕闇のなかで熱く火照りつづけるのだ　もう希望への責任は持たない　地熱のような体温を感じるだけで　眼を瞑ればいい　仄かに赤みをおびた稜線と平行になり落ちて行くのだ　蒼い深淵の渦巻く星のなかでこの命を祈願するのだ　明日は凄まじい夏の夜明けだ

彼岸花

私は長くは生きられまい
佇んで野にいる時ばかりが私に親しい
彼岸の空の下で
その花ばかりが美しい

曼珠沙華・天蓋花・はなみずはみず

嘘も言えず私の恋
私の膝と私の手足・陽に当って

ある時小さな声で誘っていた
捨子花・子ある女の泪の
私が
哀しく慕う毒の花だ

私の悩みに理由などがない
鬼花・死人花
彼岸の晴れた崖下で
それらに咲くのをよろこべばよい

秋の葬列が静かに行って
憎まれて剃刀花・嫌われて灯籠花
ヤンメショッコ・ヤンメショッコ
囃子唄が
野に残る

彼岸花を遠くに眺めて
私は長くは生きられまい

雪は降る

T・Nに

ほとばしる熱情の旅をはじめたのは
降りしきる
降りしきる
雪の
酷薄な夢のなかに佇んでいる
あえぎながらの私の
この雪の冥府を

黒い影を落す憎しみの體から
血のような愛をひびわれた掌でもって
わななく
わななく
冷えた長い喉から語りかける言葉は
壜の中に詰めこみ封をして
ガチャガチャと鳴らしながら
遠去って行く電柱の
黄色い光と雪に
じっとり濡れながら
吠えてみる私は
正体はいったいなんだ
と問いかけた
花のように咲いた胸の傷口を
桃色の美しい瘭疽《ひょうそ》かしら
それとも
狂いくる

狂いくる
倒錯した嵐の
やさしい思念の
あなたを求めての雪の舞踏の
顔で
雪が泣き
私が泣き
もはや
切れてしまった感情の私とのつながりは
どうでもいい
この白い地球をさまよう愛慕が
あしたになれば
踏みしめた雪の
憎しみにも近い足跡にも降りつもり
掻き消してしまうだろうから
祭りのようにうかれて
一人だけの酩酊が

苦しくとも
雪空にこだましてゆくよう
ひらたい胸の
鼓を
強く打てば
聞こえるだろうか私の
血脈のかなたで雪の降りしきる
その音にもにてひそやかに
響きつづける
このいのちが
破れ果てたとえその中を
乱舞して雪が吹き抜けようと
さあ私の中の
あなたへの悲しい綱渡りの一夜だろう
降りしきる降りしきる白夜の夢へ
さようなら
だ

冬の愛

抱擁する冬の
私という男の肉體
灰色に染まりはじめた憎しみに燃える
河口に立って
祈りつづける太陽の
焦がれ死にするいつもながら永遠の
酷薄な夢での漂流
索漠とした悲哀のそこで
河を小鳥が泳ぐように
なつかしく
濡れた記憶の羽をふるっている
愛くるしい羽毛の首もつつましやかに
囁きかけてくるのは
愛の斜面を背に

歩いて来る男の顔だ
自愛に苦しみながら
やさしい影をたたずませ
滅裂な求愛の物語を秘めている
錆色の陽が背中に凍り
絶望の額がくらく
蒼ざめているいのちはいつも重い
踏みしだく砂利道を
まぼろしのように歩く足元でこわれるのは
あたまのような現実でしかない
冬の風と
褪せた肉體と
すでに仄見えるあしたの風景のまえで
立ち尽している
にがりきったこの體のおくの
追慕の冬の花はしろい
錯落する意識は

汗の臭いもなく老婆のように
にぶく明日を夢見ている
小石を拾い
その愛しい握力で
河口に投げる憤怒は
弛緩する水面に音もなく沈む
黄昏れるまま
痛覚の歩く足元できしむ道
おもいは時刻《とき》の井戸に消え入る
たえまなく
歩調は流れ
長い影は愛のように冬の道をさまよう
転ぶように嗚咽が風に舞う
冬の間を
こうして歩いて行く私という精神
吹き曝しの冬の泥土を
音もなく

あたためたいのちを抱き
陽が沈む彼方へ向って
今やすらぎの河に降りて行こうとする
花のように身の衝動が紅赤《あか》く咲く
馬鹿げたことか
ほそい星の光のような愛に
包まれた背中をあずけ
底深く跳ぶことが
石のひしめきあう静まりの中を通って
私は生きていたのだ

器のなか

頭を割られた虫たちの行列のように
彷徨する私たちの暗いあした
それならば火照るやせた姉の疎林で
唾を吐きながら互いに埋もれてゆこう
まばゆい意識の丘で
青い螺旋の夕暮れを駆けのぼり
一途にうたいつづけなければなるまい
沈丁花の匂いのやさしさが
姉の肥大した心臓を苦しめている

無精卵をあたためる鳥たちの忍耐が終り
あとは闇に躰をゆだねるだけ
灯りの洩れた冬の庭先に
細い指で血で染まりながら土を掻き
思想をうずめた嘘が
私の暗い防壁なのか
春咲きの花の種を播いていた父たちは
賭けごとの好きな人種だと
姉は言う

眼に泪いっぱいためた夏の希望に潜んで
私の姉が綴ろうとした想い出の物語
声をあげて退かねばならなかった
あの子らの秘めごと
冷えた納屋で隠語を囁き合う夕焼け
裸をふれあう喜びを
隠しきれなかった足取りで
あおい姉の乳房にすがったかなしみ
戸惑う記憶の地図の上にたたされ
今におう躰をもてあます私だ

その小舟の寝台は
とうとう暗闇へ流されて行き
林立した悩みがたえず不意を襲う
赤い花が咲く花瓶での出来事
踵から時間が過ぎて行くおもいはひとつだ
未明の時間まで許してもらうこと

そして朝の稀薄な空気に喘ぎながら
姉は台所に立つ

Ⅲ

然し汝は石塀から星空
を、天の川を、赤い土
星を眺める。
猛り狂って禿木《おだまき》は石塀
を打つ。
朽ちた段上の汝、
G・トラークル

漁色の月

あの我等のなやむ
ふとる愚かな
あの
やさしい母だ
月が火事なのだ
沼が澱んで
なんと
母を許せ
栗の花が匂う
逃げて行く母は
石女だった母は
叫びをあげながら
羊水に浮ぶ
植物の焦げる
死児の顔へ
その森で
迷信をしんじて
蛙のように
腫れあがって痛む乳房から
眼をみひらいた
母がすむ林に叫ぶ

赤い月を沈ませろ
昔祈禱師であった祖父に
むなしい願いに
のぞみをたくす
淋しい母だ
見よ
闇にうもれて
裸形の母が
目眩るめく狂気のさなか
勝手口の窓に
ひとりで

あがる赤い月を憎み
板の間で眼を開き
荒々しく
破瓜の痛みの記憶を
おもい浮かべて
自慰に耽る
哀しい母だ
あのように
暗い潮の満ちた
深けた今宵
海月の海で

おじ達が顔をあげる
嘘は露見した
耳までそめながら
母は耐え忍ぶ
密会は
柘榴草が靡いている
楕円の恥ずかしの丘
欺かれていて
蒼ざめている母だ
ほら

夏萩がしげる墓に
裸足で走った母
怒る父の顔がある
母を暗く恨むな
太く白い肉足の女
かわいい脹よかな魚の顔だ
父は
恥骨にひたすら埋めた事も
母をいたぶり慈しんだことも
忘れている
今更悔むまい
そんな母だ

ああ

母は泣く

赤い月が沈む

母よ

雲達の

むなさわぎの兆しが空にある

指で琴絃をかきならせ

闇夜を泳ぐ

烏賊達の伝説も死んで行く

今こそ琴絃をかきならせ

やがて

しとやかな雨が降り

母の赤い月は濡れて

逸話

赤い谷間を降りて行く猟師は　太陽の熱い化石に手を差しのべながら生臭い内部から　絶望する汗の雫を流していた　今日一日の獲物をあさった時刻　兎の愉楽に耽ける死骸にしろ　微温を残す鳥の臓物にしろ掌にぶら下げた妻と子への収穫など明日の陽射しのために喜捨されるべきはずのものと決めていた　それは枝になる真紅の果実の熱も冷えてゆく黄昏れ時だった　鹿と鹿の交尾の光景　岩の砕け散るほど愛の野蛮をその眼でたしかに見たことだったその晩　猟師の華麗な遊戯　子達の寝静まった後　瘖《おし》のその男は　妻を呪うばかりだった

赤い村の顚落

鬱蒼とした樹林や栗鼠の跳び交う森に、ほっそりと続く一本の道を辿ってマタギの山深いその村に入って行けるのだが、これほど季節をあらわにみせる村もない。季節を十一通りに分けることもあり、三日を一日と数える日もあった。それを行うのは女達の仕事で、大甕に水を汲み中央の広場に置いた。日暮れ時、その裁定を司る巫女が陽の激しさに微温む水から、風に舞う落葉や埃の染まり具合から、甕を揺すって静め、巫女は覗き込むように顔を映して占った。それゆえ秋と春を取り違えもした。その儀式は巫女一人にまかせればよかったが、面倒は絶えず起った。雨の降る日など夜明けと日暮れのみきわめがつかない。村人達といっても三十九人の男から女まで、それぞれの家の納屋で仕事のできない日は薄暗い戯れをした。妙に空気だけが張りつめていて冷たい。そのせいか樹木は家々を囲むようにして枝葉を垂れていたが。緑葉の季節は緑いままで夕暮れた。紅葉の季節は明り窓を真赤に染めて夜が明けた。人々は獣の肉だけを喰い、山言葉しか話さなかった。山の神の怒りにふれること以上に、獣達の名を呼んで彼らに気付かれてしまうことを恐れたからだ。大甕の水が透き通って、残忍なほど雲一つ浮べない日が続くと、老婆達は激しく咳き込むのはいつもだが、獣達は獰猛になった。

瘖《おし》のマタギ（猟師）キリの夢

狩ニデカケルノハイツモ夜ダ。戸口カラ外ニデルト、マズ風向キヲシラベ、方向ガサダマルト妻ニシメスノガナラワシナノダガ、ソレモセズニ今宵ハデカケタノダ。月ノナイ晩ナノダガ、星ノ川トヨバレテイルコノ川ハ、ドス黒クヨドンデ星ヲイッパイウカベテナガレテイタ。俺ハナニガ自分ヲコウマデセカスノカ、板舟ノオモシヲツケタヨウナソノオソサニジレナガラ、スワリコムトカンガエタ。目ヲツブルト、グラグラト目ガマワッタ。夢ヲミテイルノカモシレナイ。熊ノ子ガ鹿ノ罠ニカカッテ、親熊トイッショニ血ノ涙ヲナガシテ俺ヲヨンデイル。眼ヲミヒラクト板舟ハ、星トイッショニ水ノナカニオクフカクノマレテイッタ……………………明日の朝、暑い陽射しがさすだろう。そうしたら山に登るのだ。

盲いた老人（キリの親）の独り言

儂《わし》は聞いた。あの朝、戸がばたんと閉る音がしたら、お日様にむかってキリの祈りの言葉を聞いた。紅雀が囀くようにあれの声は小さくて判らない。その時、裏の山で獣達が騒ぎはじめた。暑い陽射しが照る天気の証拠だ。キリの足音はいつになく大きい。草むらを鳴らして行った。よほど喜びの示しか、悲しみの示しを心に持ったに違いない。キリは辛夷《こぶし》の木に登ったろう。日除けの呪いをするために。大きな枝振りを折ったから儂の耳に聞えた。銃声がなった。一発。家中の者が起きたろうが、儂の耳ではキリは番いの鹿を撃ったのだ。儂が昔したようにあの時間、ああするより仕様がない。生き残った牡鹿の角に刺されてキリは血に染ったろう。それともキリは撃ちそんじて、儂の耳の届かぬところまで斧を振り上げ、鹿を追って行った。

巫女（キリの妻）の憶測

キリは一度、山言葉を里言葉に間違えて使い、桟俵を頭に載せて水を三十九へんかけられ、猟をしばらく止めさせられたことがあった。それ以来キリは瘖になってしまったが、ひょっとしたら山の神が狩をする日だったかもしれぬのだ。その日は山の神は木種を播き、木を数え、山入りを拒むのだ。もしその禁を犯せば木と間違えられて数え込まれてしまい、山からは帰れなくなる。キリの體は村中のマタギの中で一番大きいし逞しい。あの朝キリは、少しもへこたれずに私の絡む腕を振りほどいて出て行った。キリは山の神を撃ちに行ったのだ。この獣の村を救うために。

白痴の少年（キリの息子）の証言

父《でで》は火の谷から目の真赤な兎を獲ってきてくれると約束した。火の谷へ下りるには、今は秋だから冬を待たねばならぬのに。火の谷は今は熱くて下りれまい。目ん玉焼けたら父は爺《じじ》のようになる。父が居なくなった朝、川へ行ったら板舟がありゃあせぬ。もう逃げられぬ。母《かか》に叱られぬよう蜥蜴岩に登ると、空があんまり焼けて目が眩みそう。村のはずれの林に鹿がいっぱい集っていた。坂を鹿が駆け下れば村と衝突だ。父は気がふれて鹿を呼びに行った。

樵（キリの弟）の目撃

お天道様がこう続いちゃあ、山の木がもたぬ、山の木が燃え出すのを気付かって、俺は日暮れに山に入った。あんまり葉は赤く染ってとけてしまいそうに散って行くし、鳥も気が狂ったように鳴いていた。何かが起る。そんな胸騒ぎがしたのは当然だ。死んだ婆が日頃言っていたように、火の谷のお怒りがあるのもしれない。俺は體が火照るのをどうにもおさえられなくなって、谷川へ下りて行った。薄暗闇の中に兄を見た。黒い獣が泣いている石の上に、血に染って突立っていた。何か言うと、キリは帰らぬと手を振った。

赤い村の顚落は、その晩はじまった。

様相

実在の館をあなたは見たことがあるか。それは実に虚しい住家の延長であった。

館の後方は、崖のように切り立ち、谷間は深い。

習性については、充分の点検が必要だ。そして知覚のなかには、いつも記憶があり、経験の要約がある。

その蒼ざめた顔を出せ

茫漠とした地表に夜の草が眠り　涎を流
す海に暗礁したかのように館がみえる
倦怠と腐蝕にまみれる緑青の鎧扉は　い
まは静かだ　凝然とそこに佇むのは一匹
のあなたかもしれない　羊歯のおいしげ
る抽象の谷間では　粗野な星達が野獣の
ように吠えている　腥い微風が吹きつけ
て来るが　罌粟の季節はすんだはずだ
闇に触手の棕櫚の林だけが原初のかなし
みの音をまもっている　睡眠する館は彎
曲された虚空にすべて引きのばされてい
るから　ときおり静寂を乱す鳥の飛来
は　奇妙な現象をひき起す　磁性を館が
持つかのように弧を描いて　ひと鳴きす

妙な落下を続ける鳥がいる。

事実は混沌としている。

絶えず、なまあたたかい風が、吹いて来る。

色褪せている。

ると落下してしまうのであった　扉を中心にして館を取り巻く囲いは曚朧として接近を阻んでいるが　一ケ所だけ靄を抜けるように朽ち果てた穴がみえている季節の通路として　館が下界とする呼吸孔である　靄が晴れる一瞬があった　夜明けの輪光が東の山に脹みはじめたときにできる闇の裂け目が　真空状態を作りそれをさせたのである　不思議なことにその囲いには獣の血とおもわれるもので館の歴史が書きぬかれていた

歴史

狩人だった叔父の文箱を開けた記憶がある。

コノ館ハ誰ノ所有モユルサナカッタ　オソラクハ人間ドモガ生涯カカッテモ支配デキヌナニカノヨウニ　書キツケラレテイルコノ歴史ハ獣達ノ命ニヨッテササエ

本能は獣の顔
を装う。

干涸びた血の
文字は、皮の
臭いを持つの
は当然だ。

王国は滅びた。
封書は出し忘
れてあった。

泪も涸れた時
代。

ラレテイル　ヨッテコノ文字ハ獣達ジシ
ンノ血ノ唄デモアル　オソレオオイコト
ダガ彼等ハ神ヲシンジテハイナイ　スコ
シバカリノ言葉ヲモッテ彼等ハツウジア
ッテイタ

光り輝く聖堂は、わたしたち三百六十一
の骨によって成りたつ。

　　姦淫の呻き
　　獰猛な木霊

余は、汝等を服従させることはできない。

すべての樹は乾き
　すべての鳥は死すべく
　　すべての物は全く渇き

命を、彼等はなんと粗末に扱うことか。
干した人間の皮を被っている。
春の花は流れる。

星辰崇拝の島

この事件の真相を、いまだに知るものはないが、事実の究明は、永遠にされ

すべての人は全く死すであろう

（旱魃の時代）

あの牡鹿は殺さねばならなかった。
　婚姻の晩、待伏せは成功

「洪水時代」　人差指は血にそまる。

　のたくりながらよくるわいな
とりのたまごをくらいに星さま
まっくらくらのおそらをおよいで
たまにゃよめさんのたまごをくらえ

赤い村の顚落

　くねくね御日様沈む。

ねばならない。

よいよい月は昇る。

――削除

夢

おそろしい象徴。

館に群がる獣達の影。

青白く館は月に照らされている。

夢の容貌。それはおそらく日常の生活空間で作られるのか。例えば、風が薔薇の枝先を軒先にぶつけて、繰り返し鳴らしていた。

むかし館が殺戮と姦淫を包みきれなくなって　あの鎧扉を開いたことがある　憧れていた獣達は　そのとき殺到して腐敗した夢と精神を喰い尽したのだ　いまだに館は　そのときの恐怖を想い出して夢にみることがある　薔薇窓が今宵のように微風に犯されると　典雅に軋る音が鳴りわたってゆき　葉むらを顫い　静止する館自身がまるで拷問を受けているかのように　音は苦悶の共鳴をはじめるのだ　林檎のように熟した空想を抱いて牡牛が走り　螺旋状に雷鳴が駆け登る　籠いっぱいの生きる蜘蛛がぶちまけられて　草

数は定かではない。

花火のように美しい。

天鵞絨の肌ざわりは良いが、汗を吸わない。

の法廷に引き出されて百の獣姦の罪に泣く女達　そして垢のように堆積した憎悪と羨望と妄想が熔岩のごとく夜の空に舞う　いつしか愛の家となり　花模様の食卓を囲み　猪首の召使い達が団欒する天鵞絨の夢は　そこで座礁したかのようになり　衰弱して暁に引き裂かれてゆく

精神

この肉體が言う。

私は暗い精神の生贄だと。

その嗄がれた声。

闇の中で胎動する、女の腹だ。

夜に昼に波打つ精神は　館の深部の暗所に黒繻子で包まれている　いわば館の生命と言うべきもので　館の奴隷達は哀れな献身を強いられてきた　彼等のうちの一人として　それの正体を垣間見たものはなく　闇に包まれた彼方からの命令を裸身のまま平伏して聞いた　激情の狭間を揺がすような叫びに茫然となり　無垢

疲労している。

誰も知る筈は
ない、精神の
位置。

妹にみせたこ
とがある。
ただ笑ってば
かりいた。

思想
触れるには、
火傷するほど
熱い。

の静けさに喜びの手を合わせた　ときと
すると肌を焦がすような暗い憎悪が洩れ
てきて震憾とした　奴隷達は眠りにつく
精神をみはからって小屋に集まると　想
像は雲のように広がった　獣達が殺到し
たあの昔　一匹の獣が移り住んだと言え
ば　蟻塚のように内部は混乱していると
言い　果ては海草のように揺らいで　古
い植物が繁茂していると言いはった　い
ずれにしても酷熱の火口に　たなびく青
空のようなものを彼等は結論としていた

柘榴のように密契したものではなく　季
節をそのまま映すような地塗りの器を想
えばよい　花文字で書かれていて　なに
よりも本能と美の腥な関係をあらわにし

全く危険でない
思想とは。

鳥は気がつかず
に過ぎて行く。
絶望。

奇妙な符合。色
は青ずんで見え
る。

ている　産婆の昔話しのように血の色に染っていて　危険でさえある　館がむかし殺戮と姦淫に明け暮れて崩壊しかかったおもな要因は　この思想だ　館は森閑としているが　夢とこの思想は怒号と哄笑の渦を絶えず引き起こしている　跛行の論理を操って思想の外形をなぞってはみるが　不思議なことに　あのとき獣達に喰い散らかされた夢と精神のように星形となる　漆喰のようにとにかく卑猥だ

愛

愛の描写におけ
る限界。
ああ水平線。
妖艶に佇む館。
母は私の事情を

空想の所産である　それゆえ辻馬車に揺られて海青色の彼方へ疾駆するようにかなしく　美しいとされてきた　館の外形を神秘にも暗鬱にも見せるのは　この愛である　紡錘形の深淵に陽が沈むとき

知らない。

とろとろと燃えている。

不可能な追求。少女は愛という草を摘んでいる。

紅海を進む剝き出しの帆柱に似た果敢さを持っていて　あの昔館の崩壊をくいとめたのだ　なによりも許すこと　また悍馬のように激しく身を顫わせて茨の中に突入する意志を持っている　燠火の　赤く凍る静けさと孤独の容貌　運命とそれを諦めている　憑かれたように愛だけを追いかけることがある　夢の中か幻かその外形はついには捕えられず　いまだにこの館に住む愛は　愛を見たことがない　それゆえ愛することはあっても　愛されたことはないのだ

時間

振子は石で出来ている。

揺籃をおもわせるような振子は　時刻《とき》を刻むのは苦痛のようだ　緩慢に　足を引き摺るように縊れた時針が動く　館は時

こうした今も、
命の時間は、
刻々と過ぎて行く。

増えてゆく。

予言の恐怖。

刻を必要としないからだ　いつまでも永遠を弄ぶ悪癖を持っている　ところが館から一歩出れば　時刻は正確な長さを刻んで走っているほどだ　蛾が乱れ飛んでいる　館の外部と内部のずれの間を嘲笑うように狂気して　館の時刻の螺子は切れているのだ

嵐

嵐という混乱の症状はいたるところに起る。私の肉體は一錠の薬によって発熱する。

覗いているのは、栗鼠だ。

季節は遮断されているという館の庭に一つの生理を想わせるような嵐の到来がある　今宵のような運命も凍る精霊の夜どこから館を眺めても青く澄む星座と隊商のようにやって来る無限の眠りに包まれて　厳然としている光景なのだが獣達はしばしばあの季節の通路としての朽ちた穴から内部を覗いて慄然とするの

どこかで見た
筈だ。
思い出せない。

知覚がすべて
麻痺して行く。

明る過ぎる。

扉の錠前はこ
わされていた。

だ　風が斧をかざして樹木を襲い　粗野
な石が砕けるほど濛々と吹き狂ってい
る　おかしなことに通常の嵐と異な
り　雨はない　精神の焦げつくような
それとも愛の燃え尽きたような　思想の
腐ったような　入り混った臭いが吐気さ
え起こさせる　まるで臭気の洪水であ
る　そして空は吹き抜けるように静かな
のである　虹色に花は咲き誇って　風に
犯されることなく庭が澄んでいるのを照
らしている　この不思議な光景をみて
嵐が自然の周期によってではなく　館の
どこかに欠陥を持つという証しにもなる
のだが獣達には恐しくて判断がつかない
のだ　告解室の扉は　このときは必ず開
け放たれていると言われるが

悲鳴

烽火でもない。
焚火でもない。
燃えさかる火の
館。

篝星を見たもの
がいる。

不思議なことに
獣達の賛歌は聞
こえて来ない。

もうかなり気が
ついている。

いつはじまったのか　館の火は燃え続けている　慄く獣達は　夢から醒めたばかりなのだが　魔力に憑かれたように館が半ば燃え尽きるまで　気がつくものはなかった　天体から渦形状に火はもたらされたと呟かれていたが　館の生命は　長い転変のすえ疲れ果てていた　館の四方は癩に犯され　流砂のように押し寄せる苦悩に土台は腐敗していたのだ　獣達は貪婪に眼を見開いて暁方まで待った　この館の主人であるものの必ずの出現を信じていた　金属的な悲鳴は　薄闇の家畜小屋の方から聞こえた　何千の眼球は草むらに潜む　凝固する恐怖の胸は貝のように喘ぐのだ

出現

夢は醒めた。

崩れ落ちる火の館から　その蒼ざめた顔
を出すのは　この私である

原始風景

眠い海に海草の花が咲く遠い時
代　星は光を失うと埋葬され　夜
空から海面に落ちてきた　生臭い
焦げた臭気があたりに漂うと　僧
侶のように烏賊達が群がった　ざ
わめきは起きたが　海面に浮かぶ
星がふわふわと運ばれて行くと
あとは森閑とした海であった　と
きおり魚達の交尾の呻きが海下か
ら洩れては来るが　潮の香りは薄
く　海は死んでいるように波を立
てなかった　海草の花粉に海は濁
って見えたが　それは美しく恍惚
とした時代であった　日輪が朝と

夕に激しすぎるくらいに海面を照らしていたが　飛び交う魚達の銀箔が焼け焦げるだけで　浄福の兆しはつづいていた　海面より沈めば秘蹟のように珊瑚の幻想が林立して青く霞み　一万年の華府が繰り広げられ　どこまでも白い花びらのように巨大な鸚鵡貝は喜悦に落ちて行った　数十米におよぶ藻類は火のように燃えたち　渦巻くように揺れては　あたりを仄明るくさせていた　大巻貝が無限大に敷きつめた沈黙の姿　耳鳴りのように響きながら　すべてを無の永遠に運んでいた　海百合が咲いて月の光に喘ぐかのようで白魚は蝶に見えた　掠れた音が聞こえてくると　青銅の鎧を着飾った暗野に住む魚群が　丘陵を疾走し始めて　それでいてこの暗緑の伽藍の静けさは彼方まで果てることがなく　ときおり地鳴りのようなおもいがけぬ出来事も起っていた　半球をすべて覆うこの海が　赤潮に苦しみ悶え始めた　数十年続いたときには　赤褐色に海は濁り　熱を発しているように内部は腐爛しかけて　潮の流れは止った　無色の微生物が繁殖し溢れ　曇る空の下で海蛍が光ると　海の涙に見えた　海割れは頻繁に起きて　何千という海鳥が　その中に吸い込まれるという不思議な光景があった　こうしたことも無限の時間の

中では　いつかおさまった　日暮れ時に海面いちめん陽がのびると　帯状に光の縞が海下にあらわれ　しばらくは虹色に魚達は染まり乱舞した　ひとつずつ縞が消えて行くと　あとは薄闇が訪れて来て　途方もなく厖大に海は眠りについた

草焼ける陸地は　爛れたように巨大な太陽が赤く浮かび　やるせない無限さで大地を染めていた　地上の異変は　数限りない狂気を呼び起こして　悶える生物の幻の風景をみせている　季節の運行は全く乱れ　陸地全体が太陽の磁場となり微熱を発しているように膿んで　燻る太陽との距離が崩れれば氷河の冬からまっさかさまに炎熱の夏に突入することは　しばしば起っていた　苦悩する樹林は　不思議なほど静かな佇まいであったが　枝の先端に少しばかりの葉をつけるだけで　あとの固い象牙のような葉は　すべて幹を傷つけながら螺旋状に落ちていた　このような封印木の林は多く見られたが　それを抜けると　大葉子に似た蝶が乱れ飛ぶ野があった　輪舞するこれらの蝶の死骸は　もう何百と花びらのように散って溶けていたが　割れるほどあたりに漂う臭気は　蝶からでも　空に腹を向けた数千匹の三葉虫でもなかった　湖沼へと続く草

地に群生した原色の花々の　いた
たまれぬ熱に絶叫を続ける足掻き
であった　小さな青い沼は腐り
背丈ほどもある大羊歯の群れは
黒ずむ裂けた茎をあらわにして湖
沼を覆っていた　そこは蛇の鱗を
もつ鱗木が　幻のように聳え　湖
面からはい出した階段上の節をも
つ蘆木が　水を噴いていた　あた
りが濛々と霞むのは一つの個体と
なる蜻蛉の群れで　寂しいほど陽
が射さず薄暗かった　湿地の蔭に
は石のような虫が　鼻孔だけふく
らませ　ひっそりと呼吸してい
る　遠くなだらかな山の方では
かっと赤く火が燃えているのが見
え　山火事は飛火して行くようで
あった　それでも真っ赤に充血し
た太陽は　西の空に浮かんだまま
で　食い込むようにじっとりと照
っていた　火山は黒煙をあげ四方
を囲み　新たな岩山が生れている
ようであり　そのために溶岩は遠
く大森林の方に流れていた　絶え
ず大木の倒れる音が激しく轟いて
いたが　獰猛な時代であった　碧
瑠璃の地平に草は萌え　花々の花
粉は舞い上がり　鳥は力強く脱糞
し　怯懦な動物達のいななきが聞
えて来るような　原初の春はまだ
来ていなかった

木々のよう
にざわめく星の平原からは玄武岩

や橙色の橄欖岩が　連座する火山の裾野まで漂浪と転っているのが眺められ　原初の地球の火照るすがたは　これから平安の闇の中に球体を沈めて行く時間であった

茜色に染まって太陽の道は途絶えて行くようであり　緑色の彩雲が海のように広がる曠野からは猛々しく若い巨星が近づいていた　そうして静かに静かに時が過ぎてくると　闇が漂いはじめ　地球の桃色の大地はしぼんで小さくなり離れて行った　星の大河では　銀鱗が帯状に輝き出し浮かび上って来て　極楽の銀の薔薇をいっせいに咲き揃えた風景が延々と続いているようであった　その河にめがけて　さまざまに燃える隕石が降っている　星との衝突は　無気味な音を轟かせるだけで火花もなくごずごずとその河にのまれて行った　遠方には渦巻状の星雲が彼方まで巻き上がっており　中心に居坐るように赤い巨星が煌めいていた　高層雲がようやくとぎれて行くと　宇宙は凝然と開廷した　数千光年の彼方まで様々に飾りたてた星団や星座があらわれ　その中を泳ぐ彗星は美しく落ちて行った　極北では変光星が色とりどりに咲き出して　孔雀のような神秘なときめきをひっそりと打ち広げている　その下方に青深な楕円体の大星雲がぼおっと霞み　そこま

で辿るかのごとく一本の輝く雲の
道は神秘だった　それぞれの星座
は様々な夢を見ているように静か
な佇ずまいであり　そのため銀河
系のずっと下方にもう蒼ざめて見
える地球の廻りを　暗紅色に燃え
て吼え狂う月が　嘘のようであっ
た　こうしてこの大宇宙は　円を
ゆっくり描きながら流動して行く
のだが　紫の睡蓮に星の滴がたか
るごとく　開花した時代であった
かもしれない　いまだに闇にまみ
れたまま浮かぶ光のない惑星もあ
り　突然爆発して花火のように輝
く新星が　狼藉から暗黒の宇宙へ
落とされていた　すべては量り知
れない力のなかで

詩集『海への道』（一九八七年）全篇

夏の道

焦げつくような夏の道で
おもうことの放埒なまぶしさにゆらぐ
白い風の闇よ
空はまっ青に突きぬけて
木は立ち続ける
こうして在ることへの憎しみに
蟬さえもなかない
炎熱になぶられた乾いた一筋の道
蟻のように思念がはいずる
蒼ざめた視線のおく
くるう陽炎がのぼっている
向こうで
向日葵の感情が一本の線となって輝いた
放恣なその笑い
足もとから崩れるようなめまいが襲う
揺れる
揺れる
向日葵が揺れる
無音の狭間だ
鳥の飛翔
この体を貫いて影を曳いて行く
白い風の闇よ
空へ落ちて行くような
この途方もないなつかしさは

鹿

半島に知謀のうす闇がまだらに描かれる
その眼《まなこ》の奥にただよう秋の訃音
角から蹄《ひづめ》まで

琥珀の空気にそまっている
記憶は脳裡の林を風のように吹きすぎる
水のように森が眠る
眼を見開いたまま死をみつめる属性
よみがえる朝の地平
愛の野蛮につまった円筒の胸が
火のような脚線に蹴られて
秘蹟のごとく浮かびあがる
森の喉はつらぬかれて行く
果てへ
鹿は断崖から一輪の花となって
海に抱かれる

冬日

眠りついた畑のわきを
おし黙る冬の畦道がつづく
裸木《はだかぎ》のふるえるような空が
遠くに愁いのかたちを描いて
歩く私を威圧している

風景が見えなくなった
心のうちにしみて流れるものがなくなったのか
痛みのように重い塊が沈んでくる

川面に立つと
激しい静けさの中で
水鳥は飛ぶことを忘れずに雲を裂いて行く
想いだけはいつまでも生きているのか
叫びだけが小さくなった

凍てついた水辺では
体のうちで鳴るように

凍裂音がきこえている

愛餐《アガペー》

——シャガールの絵によせて

朝霧のけむるような中から現れでる古びた中世
陽は吊され一閃の光さえもない
カテドラルを吹きすぎる風は
眠るように緑の屍を並べて行くばかり
ひややかに遠く受難の碧空が見える
のどかに一人立ち去って行く尼僧がいる
老樹ばかりの林に入ると
そこはいつの日も生誕の讃歌《うた》がきこえ
ミモザの花がこぼれている
馬は可憐に蹄をいためてか
哀切な鳴き声ひとつが
どこまでも尾をひいている
たたずむ陽はやがて天上にのぼりきる
どこからか誘われるようなやさしい芳香がたちこ
　めて
昇天する花の輪舞　夢のさまざま
空に向けて焦げる愛土がいっせいに吹き上がり
凜々と
いま凜々と鳴るいのちに
もえる神の国の宴
どこからか舞い上がる鳥は
花粉に濡れながら狂うばかりの讃歌に酔いしれ
あたりを見渡せば
それはむかし誰も知る霊《たま》しいの顔が集《つど》っている
慈《やさ》しくみつめる神の愛のまえで

血まみれの山河

ふるさとへ帰った日
暮れなずむ水のような風景の前に
斧にさしぬかれた山河を見る
蒼白な冬の川はさみしく眠っている
冷えきった身に暗くゆらぐ
糸のような痩せた思念
石榴《ざくろ》のように決潰された山肌にむかし
いちずな叫びの谺《こだま》を返していた
れんげの咲く草むらへ身を投げた一人の青春
枯草を風が裂くように
慕《おも》いは遠く消されていった
道は道であるのかふるさと
踏みくだかれた貝殻のような雲を浮かべて
血まみれの山河をいま横たえる

無心の人夫の
はげしい労働に夢見られるあしたは
にがい土を噛みしめて
手足のようにはい出す鉄パイプの
赤錆びた林なのか
飢えたるおもいで
重い心臓をかかえながら冬の橋を渡って行けば
怒りの山河は　振り向くな
生きることのむずかしかった
山へ続く一本の道などもない
首を吊ったような木々の影が慄然と見すえ
憤怒は孤独の背中にやさしく夕焼けるか
うちなる私の山河
凍てつくさびしさの果てに
何が見える
黄金の麦の穂はもう波打たない
鳥は伝説のごとく空を渡らない

語ることとは沈黙して夢見ることだ
ひきつった夕闇の冷気のなか
血まみれの山河を抱いて私は
ひとり咆哮する

海への道

春の血のような細い陽炎が揺れる
慕《おも》いの井戸を飽きもせず汲みつくしては
これからどこへ
歩き出す背中に
意識だけが煌《きら》めいている
押し黙る道は一筋のかなしみを
白い叫びとなって雲が浮かぶ碧空へ
麦畑に出て地球に一人たたずむ

叛乱する風に身をまかせていると
緑の擾乱に髪なびかせて振り向くのは
かなしく目を瞠《みは》るあなたではないか

さざめきながら川は流れている
掌に汗がしっとりにじんで
私も陽炎のように揺れているのかもしれない
生きることはたしかに失って歩むことだ
だから愛することが
さびしい意志のかたまりを転がしてみる

そんなにもあなたへのソナタは
よわい調べでしかなかったのか
追憶が激しすぎるほど蒼ざめた山肌に光る
今は今でしかない
淡い陽の中でとぼとぼと歩く影は一つだ
この道はもう帰らぬであろう

雪の唄

許そうか
許すまい
許さない…………
この天からの白いおとずれは
山の向こうで鬼を殺して来たと
どこからも
どこからも降りつむ
ひそやかな笞の音
かなしい息づかい
許そうか
許すまい
許さない…………
みじめに死んで行った女の見つめる眼が
暗く深い海を眠らせて
やがて俺の奥ふかく
影のように座りこみ
許さない　許さない　許さない…………
白い冥府へ誘いこむ

鎮魂の賦

――京子に

今は花の燃える五月だ
春よ、鎮魂に妹をまつれ
なんという断崖
なんという生への絶望
突然の死であったことか
限りない誰彼の慟哭が耳の底にこびりつき
胸の張り裂ける彼方に
おまえは一人去って行ってしまった

このかけがえのなさ
命というやりきれない尊さを
こんなに早くおまえに思い知らされるとは
あの日、五十三年四月十一日という日は
妹よ、おまえと俺はいちばん遠くにあった日だ
そんなにも苦しくせつなげに命を謳《うた》ったことなど
俺は少しも知らなかったのだから

その深夜
雨は激しく降った
雨の夜は好きだとも言ったおまえにふさわしく
苦しみ疲れたその顔が
必死で生きようとして叫んだというその顔が
癒されるはずはなかったろうに
合掌して
蠟のごとくに合掌させられて妹よ
どれほど口惜しく嵐のように湧き上がる思いを
語れずに捨て去って行ったことか
その悲憤の泪の
濡れそぼって影のようにして俺の前に立て
とめどなくその思いのたけを
錐《きり》のようにしてこの胸に突き刺せばよい

今は風も緑ににごる五月だ
春よ、鎮魂に妹をまつれ
三十年というめぐる年月を掛けて
ささやかな幸せを握りしめて来たことが
一児の母であり二人目を儲けんとして
健康な肉體であったことが
これほどの犠牲でもって償わねばならぬとしたら
妹よ、おまえの人生は残酷すぎた
人生というやつにひたむきすぎたのだ
庭の草花もうちしおれて
その朝は途方もなく空しい静けさだった

妹よ、おまえがこの世に生きた
たった一つの証しとして
頑是無い三歳でしかないその子は
おまえの死顔の前で
口が利けない事実は解っていても
死という訣別は解ろうはずもなく
一生懸命戸惑ってみせていた
紅葉《もみじ》のような掌におしえた母としての
おまえの温味《ぬくみ》は
いつまで残りつづけてくれるのか

澄んだ五月の空から
どんなに愛しく悲しい眼《まなこ》で
おまえは凝視《みつ》めているだろう
俺の中の春という季節も死んだ
兄として、一人きりの妹として
おまえは帰って来たのかもしれない

そしてその悲しみの死こそ
俺の暗い生の中で　いちばん清潔な部分として
にがく噛みしめて生きる

冬の花

白く色褪せてしまった紫陽花《あじさい》の鉢植を持って
その婦人は不意に尋ねて来た
退院してまもなくであることを
蒼白い顔つきに感じざるをえなかった
紫陽花はしばらくそのままになっていた
気になりだしたのはその鉢植でなく
その人の命である
雨の降る日
思い立って紫陽花を地植えすることにした
枯れる寸前にあり　花はしおれ

枝振りもみにくかった
夏の日　心掛けて水をくれながら
勢いよく蘇生することを祈った
新しい葉が二つ三つと見え出すと
その紫陽花のことは忘れていった

秋も深まった頃
家の庭先に佇んでいるその婦人を見掛けた
車の中の私に気がついて
会釈しかけたようにも見えたが
あいかわらず顔色は蒼白かった
冬に入り紫陽花は霜が強く降りても
造花を想わせるような新芽をいくつもふいた
たまに水をくれながら
花の時期が待ち遠しく思われることがあった

春一番が吹いてまもなくであった
電話でその婦人が亡くなったことを知らされた
胃癌であったそうだが
婦人はその事をとうに知っていたというのである
あの紫陽花は今年どんな色に咲き出すのであろう

愛欲

河は撓《たわ》むようにして静まりかえる
湖水のようにこの河は流れをとめられている
冬枯れた葦《あし》や芒《すすき》は風にそよぎもしない
流れない河はとほうもなく淋しい
さざ波がところどころ水面におきては消え
風の行き処を知らせる
水は濁っているとも思われないが
底はえたいが知れない
両手で抱えるほどの鯉が獲れたり

子供の頭ほどある奇妙な貝がいたり
底は沼地で気味悪いほど足を取られるというし
妙に生あたたかいのだそうだ
どこまでも無表情で流れられない河
やさしい瀬音の響きや
逆巻くようなうねりを殺されて
季節をいつも地味に飾るしかない
押し黙ったままに時間が過ぎて行くと
河の蛇行が夕闇に浮かびあがる
夜河は眼を見開いている

青夢

I

まどろむ首や肩に
蝶のようにひらひら真昼の海がある

個であること無であることの
叫びようのない石となった私の悲鳴
緑のような呪縛から解き放たれて
まっ逆さまに海流の裂け目へ
裸身のまま光となって落ちて行く
一瞬なつかしい清新な生気が呼び起こされ
湿地帯の苔や菌類の臭が鼻を打つ
しなる沈黙のうす闇の果てで
蒼白な空が見えている

II

格子の暗い窓に
碧く晴れすぎた空が見える
欅の梢では枯れ葉が垂れ
しめやかな時の流れを風が誘っている
いつものことだと思いながら
鳥達のなすがままにしていた

朽ちた瓦屋根の私に
小鳥が群がって
鋭い嘴《くちばし》で私をついばむ
鳥の眼は虚ろに見開かれたままの無表情
声を上げそうになってもがき出すと
鳥はいつのまにかいなくなった
静けさを打ち破るように
今度は私の瓦がめくられるような
冷たい感触が刺し込んできた
瓦を持ち上げるような規則的な音となり
青大将がずるずると這いずっている
体のふるえがとまらずに私は
脅えた犬のように唸りつづける

風景

ドモリガチナ会話ノノチニオコナワレタ
ワタシタチノ情事ハ
雨ノフリヤマナイ午後ノ
ウスグライ部屋ノ片隅ダ
手ザワリノオチツカナイウゴキニ
女ハシズンデユケナクテ
ワタシヲ呪ウデモナク
懶惰ナ雨音ノ拒絶ニアッテイル
不動ノ軀ノオクニアルモノ
ヒヤヤカナ男ト女の距離
ソボヌレテ雀タチガ
軒下デサエズリアウ風景ガ
外ニアル

波上の人　―大手拓次

海は六月の陽ざしをあびて静かだった
手のひらに力いっぱい握られた砂がこぼれる
目無し魚が海底《うなぞこ》でしんと踞《うずくま》っているように
私は失意に打ちのめされていた
そんな時だったのか
背後から白い影のあなたが近寄って来て
語りかけてきたのは……

青春の日記を繙《ひもと》いたとき
この日の数日後にあなたの詩集を
熱に浮かされるように読みはじめている
それから十六年が過ぎて
八年かけたあなたの評伝が終章となり
終焉の茅ヶ崎の南湖院を訪ねた時のこと
道をはさんだ海浜近くに見覚えがあった
あの失意で悶えた海べりだった
すでに波上の人となっていたあなたは
あの時何を私に語りかけたのか

松林《しょうりん》に埋もれるように佇む南湖院
廃屋となった白壁の病棟には
初冬の陽ざしが木立のかげを映している
海からの風をまともに受ける
松林の幹だけがいっせいに傾いて
当時のおもかげのままに見えた

あなたは重症の結核病棟にあって
すべてに隔絶された日々
虚無の風をあびながら
何をおもっていたか

波のように打ち寄せる
苦悩も孤独も絶望も経ち消えて
夢遊の人となり
海をさすらっていたのだろうか

野の唄

風は川を持っている
木々は動いている
鳥は飛んでいるなどとよもやおもうまい
草の花にしても喋りつづけているかもしれない
野にあった生きものの姿を
誰がゆがめてきてしまったのか

おごそかな自然の営みは
気の遠くなるような太古の昔から
やさしくも狂暴であったはずだ
水の流れに清らかな音は
虫の営みに歓喜の羽音は
野の花の香りや色は
それを見守るような激しい碧空は
失われていったものの
より失われていったものの中に

今は野の祭となる五月
それでも命の秘密を奏でる野の唄は
けぶるように聞こえている

死への四つのオード

一

谷の奥深く

秋晴れの日であればなおさらに言うことはない
彼岸花の真赤に咲きそろう土の中へ
私を埋めたい
鳥たちが
この身に激しく燃えた恋情を
夕陽に濡れる茫々たる野へ山へ
悲話として唄い伝えてくれるとしたら

二

海の奥昏《くら》く
光も射さず音も聞こえなければなおさらに言うこ
　とはない
ただ海草がゆらゆらと茂っている岩のはざまに
私を沈めたい
魚たちが
この身に巣くった甘い夢のような腸《はらわた》をついばんで
ちぎれてしまって舞うように
くらい海の中を朽ち果てて行ったとして
いつか朝の海面に銀鱗光らせ泳いでいるとしたら

三

北の島遠く
雪の降りしきる日であればなおさらに言うことは
　ない
あてもなくさまよい歩いて
雪つもる異土の中へ
私を眠らせたい
犬たちが
この冷えきった憎しみの首をかみくだいて
引きずり回して忘れ去って行ったとして
雪解けの春の兆しの中で
草の新芽となって土の中から生い出すとしたら

そして四つめの死へのオードは………

晩夏

陽射しに打ちすえられた夏の幹よ
焼きつくような私の野望よ
雲が流れるように時刻《とき》は移ろう

どれだけ風は草の種を運んだろう
鳥は木の実の種を捨て去って行ったか
木槿《むくげ》の白い花が遠くに揺れている
まるで生きることの哀切さみたいに

風がよみがえるたびに私の命が光る
林の中ではすでに秋の斧が打ち込まれている
乳白色の感情が
うす汚れた殻から蟬のように脱皮するのだ
土蜘《くも》の巣の周到なたくらみは待つことでしかない
澄んだ夏空はいつも時刻《とき》を忘れかけたようで
首をおとした向日葵の向こうに広がっている

巨木
――小林秀雄追悼

春の陽射しがきらめきはじめた三月一日
小林秀雄という巨木が倒れた
風は花びらの一片を散らせるでもなく
その日碧空は突きぬけるほど澄んでいた
歴史はひそやかだ
その大河に誰よりも剛く対峙したその人を
のみこんで行ってしまった
この悲しみは
かけがえのない人間を失った凄烈さだ

ぼうだいな業績と等価な人間性に
魅せられてから
重すぎる命を抱えた私の青春は
モーツァルトのシンフォニーのように高鳴り
ランボオのように傲慢で
中也のように捨てばちであった
鎌倉の地をさまよったときなど
頭の中は苦いアフォリズムでいっぱいだった
うらぎられることのなかった影響が
鎌倉の海を
見渡せる高台の庭のその人を
いっそうこうごうしいものにした
鋭利な知性で磨きあげられた直観の人だと思った
過去をふり返らない清潔な意志の人だと思った
詩人に近かったから
小説家にならなかった
思想家にならず評論家であったことは
苛烈な性格と美に魅せられたからだ
美しいものを追い求めても
人間のなかの美しさも大事にする人だったから
大人《たいじん》として
屹立する巨木のように雄々しかった

冥府の秋

北鎌倉の駅に降りたって
けむるような霧雨の中を歩いて行ったとき
秋が死にかけているのを見た
色も褪せてきた山肌に
落葉が間断なく舞い落ちて行く
私たちは語る言葉はなかった
踏まれる落葉をやさしく靴底に感じながら

東慶寺のせまい石段を上がって行くと
風はまとわりつくように傘の内に入りこんできて
木立の滴にはげしく打たれた
山の斜面に墓が見えかくれしている

小林秀雄の墓は
菩薩の彫り刻まれた五輪の塔であった
苔むしはじめて
その人にふさわしい美しさにあった
おおいかぶさるような紅葉の木だけが
なぜか赤く燃えないまま
西田幾多郎も和辻哲郎も
墓はしっとり濡れて静まりかえっていた
たずね歩く私たちは何だったのだろう
冥府の秋に迷いこんで
生々しすぎる私たちは

ひっそりと彫りぬかれた高見順という
墓の前に来て
吸いつけの煙草を置いた
時間は私たちにも残酷に過ぎている
くゆる紫煙がほそぼそと上ってゆくと
冷たくさびしい風は深い樹陰を揺らせている

ある素描

見つめている眼に
風のさびしさは
野の花を揺らせて廃屋をぬけて行く
くらい背中に
時間の重みと孤独な輪郭が描かれて
その男は
沈む夕陽の方に

きまって犬を走らせて行く
ありきたりの風景の中で
くすぶるような感傷が
その男の持ち味だった

男には子供がなかった
その妻は少年をいつくしむようにその男を愛した
木立が二本すっくりと立っているような
姿に見えた
夏の日の庭に百日紅が真赤に咲いいた
男は妻に言った
「生きものの循環に、人間はなぜ意味や価値を見
　出そうとするのだろう」
「孤独に死にきれずに足跡を残したいのよ」
妻から跳ね返ってきた
男は思った
〈犬ノヨウナ生キカタダッテアル。百日紅ノ花ダッテ咲キダシテハ、ヤガテ散ッテ行クダケダ。〉

秋

叡智と信仰と
かなしすぎるほどに澄んだ空の碧さ
魂の翅音《はおと》は止むときがない

草むらを風が追いかけて波打つと
ほそい小道はどこまでも続く
記憶を追いかけて脳裡をさまようように

秋の時間は黄金の密度で香っている
羽毛のように體から抜けて落ちて行く精神
充実の睡りを滅びと言うのであろうか

老年のすがたが
秋の紅葉のように美しい充実でありたいと言った
思索家の顳顬《こめかみ》を夕日が染めている

野の花を摘む
惨めであどけないその花は
せいいっぱいの命を生きるために飾ることを知らない

晩秋の空を雲が流れて行く
私らしい雲をさがして
自分はつくづくと生きているのだと思う

林では秋の劇場が目前に繰り広げられる
木々の宿命が膨大な枯葉をふりちぎっている
一枚一枚重なる地面に神の顔が現われ出る

獣達は赤く耳を染めながら眼瞼《まぶた》をふせ
聞き耳をたて息を詰めている
鳥の悲鳴が翔《かけ》る

一つの美しい死をさまざまに求めて
その果てしもない静寂とせつなさ
秋は繰り返してはやって来ない

我が内なる韓国

血と汚辱にまみれた悲しみの山河を知れ
むき出しの岩肌は打ちすえられた噴怒の顔か
ひしゃげた民家に覗く暗い戸口には
老人が弱い微笑で立ち尽くす
うち捨てられた過去の時代を想い量るには
初冬の日射しは

あまりにもこの風景に似つかわしい明るさだ
列車はゆるやかに慶州《キョンジュ》に向かう
なだらかな山々よ
川は激しく流れずに
狭い風土を慈しむ
焼き尽くされてつくられた風景よ
ユーカリの並木は
そよぎもせずに車窓の眺めを化粧する
黒い山羊の群れをつれた少年が
ふりあげた棒を大きく振っている
赤い朝鮮牛が土手のあちこちで草を食《は》んでいる
こののどかなさびしさは
思い上がった感傷などではない
私は五度《たび》訪れて
かなしい嫌悪に常につきまとわれながら
この民族の激しい血の熱さを味わった
数えきれないほど国を侵されて

むきだしの山河にもまだ怨みは消えていない
民族のかなしさは山河を彩るものだ

慶州の駅に着いて
無表情でぶっきらぼうな視線を浴びながら
横道にそれると
市場《シジャン》があった
豚の顔が並び
男が豚の足爪を斧で切り落としている
並べられた魚類の生臭さ
捕れたての獲物の不気味さがただよう
座り込んで売りさばいている老婆たちから
「日本人《イルボンサラム》、日本人だ」
痩高いハングルのどよめきが起った
私はいまだにあの日本人なのだ
見られたくない所に入りこんで来たにちがいない
憑かれたようにそれでも奥へ

ずんずんと入って行った
以前に南大門《ナムデムン》の市場の店の奥で
とてつもなく恐しい男の顔に出合っていた
うす汚れたような赤毛の頭はゆがんでいて
顔はむけたように白く
目鼻は異様にふぞろいで
恐しくて私が震えたのは
その顔をどういうわけかこの体の中の
血が知っているような気がしたからだ
ソウルの街角でも
貧相な蹴飛ばされたような男の顔に
見覚えがあると思った
なぜなのだろうかこの戦慄は
日本人という私の証しが揺らぐからなのか
我が内なる韓国は
血の中でうごめいている

途絶えざる馬

I

腐乱する大気からはみ出て
春の陽光に踊り出る馬よ
とぶごとく緩慢に
そのしなやかな弾力は
おごそかに花粉を打ちはらい
野を駆けて
汎愛の青空にいななく
遠く筏《いかだ》が流れる雲をみろ
この円筒の胴体にひそむもの
魔性の血と
神降ろしの稟性に
無窮の草を食む
すでに淫楽だけの静かな真昼か

長いのどをかすれるように
空気があわく落ちて行く
揺れながら立ちのぼる陽炎のなかで
藁のようなその馬の肖像
尼僧を思わせる眼にうつるのは
琥珀の時代
隻眼《せきがん》の民が鞭を持って迫まる
馬は怒りのたてがみを振り乱すと
異形の木立を突きすすむ
呪う家系は影と走り
発汗は焚き火のように鳴る
立ち止まると
黄《き》鈍《にび》の風のなか
漆黒の不倫のすがたは
疎林からの光を真っ向から浴びる

Ⅱ

緑の野は夢見て幻楽のさなか
金箔の思想は
魚のように小花と咲き乱れ
野は蒸れて毒されている
飽食して娼性の馬よ
きりきりと嫉妬に狂う羞恥の身は
忍辱の歳月のなかにあった
赤眼の親たちに育まれ
星と屑肉の馬小屋で蹄をといでいた
つんぼの月が嘲笑い
ふうりん草が傾《かし》いだ
微熱に睾丸を打ち鳴らし後足で立ったとき
湿性の股間は燃え立ち
固い雨にうたれた
獰猛に哭きながら
強国の暮れる道にさしかかる
密やかに侵入する理論は

雛菊のように可憐で
自爆することであった
武装した隻眼の民が居並ぶ
湧きあがる恐怖は
火鏝《ひごて》を当てられた回想
何も出来ずに
馬は呻きながら泪を流していた

Ⅲ

幾晩も見続けられた浮浪の夢も
千里を走って
白い林をさまよいつづけた
季節に転落する馬よ
ひとり麦の愛に焦げる
この溺れ行く馬は
亡霊のような蒼い顔を洞《ほこら》にのぞかせて
いま瑪瑙《めのう》の瞳を見開いている

山々は
霞むともなく舞いはいじめ
山流となって謳《うた》い出す花々の祭りだ
ふりあおげば
あおいたてがみが逆立ち
顳顬《こめかみ》が春でそまる
ゆえ知らぬ魂がふるえるのだ
崩れ込むように歩き出した
痩せこけた脇腹に響く悲哀の六月
祝祭の馬よ
愛憐の
断崖に立つともなく
そのしなやかな身をかざして
かなしみにみなぎる眼を空に向けた
血しぶく喉《のど》咽をかぎりに
いななき
みどりの空を揺った

谷は渦巻き
山々がよどんで
遠く木霊は太古まで
果てることのないいななきの嵐が
彼方の幹にまでふるえるように
伝わって行く

Ⅳ

おだやかな陽射しのなか
ひっそりと木の実が跳ねていた
熾天使の馬よ
苦悩の海は善美に輝き
この傷だらけの肢體をさそっていた
夢のない明日ならば
天上に踊り上がれ
豊饒な花の砂漠がいっぱいに広がる果てへ
光にあふれながら
雲を突き抜いて
ふり返らずに駆けて行け
悔恨に
絶望に
暗然とした胸がいっぱいにつまり
たとえ消え入るような身が焼け焦げたとして
ひとつのほそい円筒の命だ
蒼天に煌めいて爆発すれば
回帰の海へ沈むだけだ
祈りの馬よ
あおく透き通る精神の律動を止めるな
そして愛で真赤に割れろ
至福への
地獄の旅は

詩集

『風はアルハンブラに囁いた』（二〇〇六年）全篇

樹木

沈黙する無数の樹木のすがたは
孤独の集合である
形態は森にも林にも見えるが
固定したまま生きる一木には何の関係もない
樹は直立した逆説である

落日の斜光に染まる樹々
ざわめく星の、深い闇の中の樹々
朝靄がただよう枯葉の死骸に埋めつくされた樹々
樹木の記銘は
こうした風景とは無縁にある

だれ一人として見ることはできなかった
根の土中に繰り広げた奇怪なドラマチック
地層に食い込む獰猛な侵蝕
だれ一人として耳では捉えられなかった
そのたくましい幹の内部に
流れ続ける生命《いのち》の水音
猥雑な生動のどよめきは枝先まで突きぬけ
木立はすこしも静謐《せいひつ》な時間《とき》など刻んではいない
厚い樹皮に装われて
生臭く生きている
樹は直立した逆説である

樹間を蜻蛉《とんぼ》が飛んでいる
記憶の回路をたどるように落葉が舞う
漂流する鳥達は葉群《はむら》に抱えられて
風を空からゆったりと送っている
樹木は夢想の達人である

秘跡

この世の誰も知らない秘密にであったことがある

私には奇妙な習慣があって
藪蔭《やぶかげ》から二匹の捨て猫が
顔を覗かせているような夜更け
散歩に出掛けざるをえない
雨が降っていれば傘をさして
足もとが泥濘《ぬかるみ》にはまるのもがまんしながら
出掛けて行くのである
散歩しながらべつだん何をおもうでもなく
闇の静まりに呼吸を合わせていると
頭の中や胸のうちがしんみりとして
私の中の胸のうちの虫が鳴き出すのである

その晩は
妙にすがすがしく星空がはなやいでいた
秋がじっくりと沁《し》みわたっているようで
さまざまな虫のすだきが辺り一面
うねるように聞こえていた
一瞬の間であった
その鳴き声がぴたりと止むと
黒い影をはらんだ草の波が揺れ出して
足もとから強い風のようなものに
私は煽《あお》りあげられた
夜空に誘われている
それは果てしもない愛しさのような
抑えきれぬほどのせつない気持ちのたかぶりは
危うい静寂《しじま》へ連れ込まれようとしていた
私はその時に見てしまった
がらんとした闇の空間に
死者達の霊が群がって

空を渡って行くのを
濡れたような光を発する星々に迎えられ
消滅するまでの
あれは永劫の飛翔なのかもしれない

虫のすだきがまたうねるように聞こえだした
歩きながら突きあげる思いに駆られて
背筋がずーんとさむくなった
たしかに私の知るひとつの霊が
あの中にいたのだ

フィレンツェ春三月

アルノ川の眠い流れは
春に染まりはじめたフィレンツェの血脈に見えた
この川はどれほど歴史の相貌を映し

飲みこんで流れ去って行ったことか
いま一陣の風となって歴史の旧都《まち》にふれる
彫琢の施された石壁の街路へ
ゴシックと半ばロマネスクの厳かな沈黙へ
信仰の聖歌《うた》はふりしきる雨のように
柱廊に響きわたって
紺青の空を抜けて行く
　フロレンス　花に飾られて
　血を流しつづけた　フロレンス
多くの賛仰と憧れは多くの呪いを背中に負う
その柱頭彫刻に見える《まみ》のは
神の苦渋の顔ではないか

沛然と降る光に朝の影はあわく
中世の回廊に私はおよぎでた
美の炎に灼かれる阿修羅である
ウッフィツィの一室

旅行客《エトランゼ》の大仰な熱気の渦は
プリマヴェーラ、プリマヴェーラの飽くなき賛嘆
ポッティチェッリ、「春」がほんとうに描かれた
　のか
死神の妖精《ニンフ》達の華やぎを春の意匠にして
メディチ家の狂気と殺戮は塗りこめられた
黒い林に実る柑橘の汁からは
赤い血が滴り落ちる

大聖堂のそばを
修道士のごとく黙々と歩む
私は美の炎に灼かれた阿修羅である
　〈我に祈るなかれ〉
　〈我に触れるなかれ〉
美の感動と信仰との間《はざま》を埋めるものは
神の化身こそ人間美の追究の歴史だったが
歩道に佇み

美の思念に私は酔っている

サンマルコ修道院の前に立つ
そこには慈しみきれない音楽のように
フラ・アンジェリコの信仰の讃歌が
黄金に輝き立つ昇天と戴冠の『キリスト伝』
どれほどに澄みわたった心で
『キリストの磔刑』に挑んでいたか
崇高な美を追い求めたその男の生涯の眼
神の実像が永遠の虚像でしかなかったとしたら
回廊に迷い落ちた中庭の花は
祈りと黙想の形に見えてくる

ダヴィデ像の立つ
ミケランジェロの丘に向かう
色褪せたフィレンツェの眺望
力なく季節の中に憩うている

中世の時代は
この風土を照らす午後の陽射しが
黄金と朱の色でこの旧都《まち》を眩《まばゆ》いほどに染めていた
春のそよ風は薫らない
ゆがんだ絵はがきのごとくフィレンツェが
遠くに沈む
ボボリの森にはうすい陽炎が立って
いま糸杉が私の追想のように
さざめきながら揺れている

モーツァルト

言葉の秘部にふれると
イメージは鮮やかな始動をはじめて
情感は波打ちながら
知覚の舟を沖に向かわせます
それは詩なのでしょうか

自然のたたずまいに
凝視《みつ》める眼の光と力が
心のありようで
色をつむぎ出し形が生み出されてゆきます
これは絵なのでしょうか

モーツァルト
永遠に流露する至純な魂
その調べの途方もない軽やかな芸術は
詩から言葉を眠らせてしまいます
絵が気取る静寂《しずけさ》など許すはずもありません
誕生と死滅のリフレインを
あなたのハーモニーと呼びましょう
消え去る音が
いつもやさしく

生まれ出る音を誘惑する連鎖
あっ、そのピアニッシモは天使に囁きかける神韻
そのメロディーはだれしもの心の傷口を
愛しすぎるくらい澄んだかなしみでみたすのです
モーツァルト
偉大なその天才《ジーニアス》は
あなたの人生を救ったのでしょうか

春への旋律

二月の蒼天を
突きぬけて行く光の粒子が
空の青さを染めはじめた
いま運動の体を休めて
私は大地に寝転ぶ
神経のように伸びた枝先に
裸の生命《いのち》が耀《かがや》く
苔さびた幹からは
樹液がじっとりと流れ出て
ずんずん刺し込む寒さに
その命は燃えている
小鳥の鳴きかわす声は冷気を裂いて
メゾソプラノがひときわ甲高い
朝陽に温《ぬく》みはじめた
斜面の霜柱では………バリトンの蠢《うごめ》き
枯草と枯葉のすき間にも…………フルートが
赤松の梢を風が渡ってくれば
いまに………ハープが鳴る
この冬の大地のハーモニー
樹々はいっせいに目覚めて気負いたち
小枝を揺らす息づかいは
北風とのレチタティーヴォ
遠い梢の先から呼応するように

ルリビタキのアリアが聞こえる
静寂《しじま》が幕間《まくあい》のように一瞬生まれる
赤松の幹を下り立って縞栗鼠《シマリス》の登場だ
あたりに気を配りながら
前足をタクトのようにして動きはじめる
さあ春を迎える讃歌のはじまりだ

似非リズムふう阿呆リズム

空の広さを知るためには
　鳥にならなければならない
鳥ばかりを見ているものには
　空の広さを知ることができない
孤独を石の姿にみるとしたら
　その形状は生き様にある
立派で目立つほどの生き様こそ
　その石は大きく醜いのかもしれない

美しい花はあるにしても
　花の美しさはないという
美しい山はあるにしても
　山の美しさはないのだろうか

愛の豊かさに住む理知の輝きほど
　愛を魅力的にするものはない
理知の豊かさで装っている愛ほど
　愛を不様にさせるものはない

惜しみなく愛は奪ふというのなら
　どこまで深く傷つきあうことか
残酷なまでのその果てしもない確認は
　愛の痕跡さえ消し去ってしまう

もっとも深い川はもっとも静かに流れる
　もっとも深い森はもっとも静けさを生む
深さが静けさの顔になるまで
　どれほど猥雑で獰猛なものであったか

光を、もっと光を、恐怖の闇に呑まれてしまう
　意識の足掻《あが》きを死というのなら
肉体の眠り、恐怖の消滅こそ
　死が死んだことでもあるだろう

私はこの地球のどこかで生きていた
　それを囁きつづけるためにペンを執る
机に向って私が流浪《さすら》いつづけるのは
　我執という無明の闇だ

風はアルハンブラに囁いた

コーランの読誦《サラート》が聞こえる
私でないあなたがそう囁いてきたのは
坂道を上って
城門に間近に迫ったところでのことだった
沃野《ベガ》からのイスラムの墳墓を吹き抜ける
糸杉を揺らせる風
濡れるような触手で
私たちを包んでくる霊気は
いくたりもの敗亡の王を取り巻く霊達の
ため息混じりの怨嗟《えんさ》とも背信の嘯《うそぶ》きとも
私でないあなたは
流れ落ちる疎水にも血のさざめきがあると
戦慄しながらつぶやいた
「裁きの門」の前に立ったとき

《時刻《とき》の審問》《美の審問》《命の審問》が
矢継ぎ早に交わされた
私でないあなたは言った
「真実の門」からの入場がゆるされたのだと
聖と俗を二分する境の扉に
《全知全能ノアッラーノ神ヲタタエヨ、アッラー
　ノ神ハ欺ケヌ》
びっしり彫り刻まれた唐草模様と幾何学模様の
中段にアラビア文字で書かれてあった
私たちは記憶の回廊をたどりはじめた
とらえようもない茫洋とした視覚
言いしれぬ感情にとまどう
あなたでない私が立ち止まると
砂漠の海を怒濤のごとくやって来た
イスラムの民の阿鼻叫喚が
幻覚となって現われ出ては消え
涼しげに香るチャドルをかぶせられたような

闇につつまれた
中庭《パティオ》が見えてきた
礼拝する者
断食する者
巡礼の出で立ちにある者達
コーランの章句がとびかい読誦《サラート》は
ベラの塔まで木霊して沸きかえっている
私たちは廊下の間《ま》の薄暗い迷路に入り込んだ
水が激情の流動体のように
王宮の迷路は情念にみちびかれる
私でないあなたはとても辿ってゆけないともらす
その時大理石の床を衣ずれの音とともに
白い長衣をひきずって老人が近づいて来た
「アベンセラヘスノ間へ行ケ　血ニヨッテ罪ハ浄
　メラレル」
黄金の間　方形の間　舟形の間の
扉がつぎつぎと開かれ

多くの人影が蠢くように動きだした
私たちがそこに辿りついたときには
十一の噴水から血がいっせいに噴き上がり
水盤はそれを満々と深紅に染めて流していた
生臭い胸をかきむしるような官能の渇きに
私でないあなたまで
獣のような顔になって吠えようとしていた
霊達がびっしりと空に集まっている
声をそろえるように大音声の読誦《サラート》がはじまった
あなたをふりほどくようにして私は逃げ出した

王の牧場に出てしまった
アンダルシアの太陽が燦々と照らして
シエラネバダ山脈の万年雪をじくじくと溶かして
いる
木々の緑はうたっていた
大木となるユーカリはサビカの丘の番人のように
かすむほどに遠くまで並び立ち
オリーブ畑の方では
ジプシーの農夫達が四方に散らばって
王の食物の実を摘んでいた
夢から覚めたような私でないあなたが言った
正面の眼下に見えているのがサクラモンテの丘
あの洞窟の中の祈禱師達が呪いをかけているかも
しれない
あなたでない私の生き身は生々しすぎるのだ
私たちは水の階段を上りはじめた
王女たちの籠もる背徳の離宮へ逃げよう
扉を開けた
青白い蛍が飛び交い
燃えさかる松明《たいまつ》のような欲情をふりかざす女ども
の影
泣き声とも知れぬけだるい歌声が
ふかい天井の奥から聞こえてくる

息苦しいほど甘い芳香につつまれたあなたでない
　私
人いきれと奇妙な全身の浮遊感
私でないあなたと離れて空《くう》をはこばれて行く
亀甲模様の高窓から
いくつもいくつも白い裸身が身を躍らせるように
　して
落ちて行くのが見えた
円天井に刻まれた天人花に近づいた瞬間
あなたのいない私の落下がはじまった
どこまでもどこまでも落ちる
暗く沈む水の庭へ向かって

頬をなでる風があった
わたしは獅子王の中庭《パティオ》の石膏飾りの下の台に座っ
　て
どれほどの時間が過ぎたのだろうか
噴水の水音に聴き入る
風はなおも話しかける

水のような男

水のような男になろう
かなしみの流動体としてではなく
虚無の透明度がしみわたってくる
ひとつの風景として
無味無臭の水の體
星を映すような静謐な受動
滴となって孤独がぽたりと落ちる
水の性情は飢《かつ》えの姿なのかもしれない

水のような男になろう
男は女の虚空をすりぬけて

饐《す》えてしまった愛の相剋を
いつまでも死滅への花束として抱えている
朽葉《くちば》色《いろ》にそまる水の體
黙す秋の時間の静謐な受動
眼を見開いたままで
流れて行く

水のような男になろう
逆巻く潮《うしお》のように膨張する血のせつなさに
夢の浮浪をつづけた夜の記憶
白い樹液の地図をどのくらい描いてきたか
無形のやさしい水の體
抱擁して抱擁される静謐な受動
言葉を飲みこんで
鳥のようにくぐもる

水の眠り

——下村康臣君に

言葉と命を鑢《やすり》にかけるようにして生きた
男の葉月は終わった
夏の海はなつかしい静けさで
町の果てに眠りについた
男の眼鏡の奥の眼ざしは
潮の引いた干潟のように
いつも飢えた淋しさをかくしていたろう
痩せた跛行の足が
生きる糧に重くきしんで
孤独と虚無の暗闇を
どれほど激しく蹴りつづけていたか
泣けるはずはなかった

青春の悲哀の
はらわたがくさるほどの怨恨《うらみ》に
泣けるはずはなかった

自分を殺すつもりで
自棄《やけ》になった捨てぜりふを吐いて
我々の前から姿を消してしまった
それから
北へ向かい
二十八年の歳月を男がひっそり刻んでいたなど
我々は知るすべもなかった
そして去年九月
末期の喉頭癌の宣告を受けた

いま男は跛行の足を重く引き摺りながら
冥府の海に向かう
父の生きたという室蘭の
怨念と恩愛の交差する
絆の哀しさをまさぐりながら
大きくゆっくりと
泳いで行く

秘戯

緑を萌えたたせ
光と風が織りなす五月の田園
土はほてり
虫は蠢いて
まぶしいほどの命の讃歌《うた》が
まき散らされている

そんな美を飽食しつづけて
蝕まれていった私の體は

春の陽炎よりもたよりなく
揺れている

水がきらめいている川面では
槍の切っ先のように鯔《ボラ》がつぎつぎと跳び
鯉が大きくはねる
命への歓喜は素朴に表現されるもの
水面下ではおそらく
どれほど激しい魚達の秘戯が
いっぱいに繰り広げられていることか

土手下の葦原から
行行子《ヨシキリ》の鳴き声が耳をつんざいてくる
一羽どころか何羽も何羽も
葦原の続くかぎりに
官能の呼び声はやまない
相手を見つけるまで

見つかれば一日中葦原の中

緑愁幻想

――Y・Cに

この染み入るような緑を踏みしめて
六月の田園を歩む人よ
生きもののすべての命が輝く一瞬を
ありとあらゆる美しい営みごとを
心に眠らせたまま
土に木に鳥に風になって
消え去ろうとする
甘美な死とは
遠い昨日でしかなかった静寂《しじま》が
清楚な若いけものに見すえられ
哀切な悲鳴にかわった　語ろうことか

緑野を裸となって少年のように駆け出す
それは森に挑む直線の
苛烈な投身図形だった
深紅の一輪は許されてはらはらと散る
青嵐に吠え狂った白き肢体のけもの
獰猛に喰らいあった夢の時間に
森は眼となって憤怒にざわめきつづけた

おもいは風に染まって消されてゆく
火のように追懐する歳月
葉群《はむら》からの揺らぐ光にいま濡れて
蒼ざめた石のような面を上げる
あおい鞭は痩せた精神《こころ》の傷を打ちすえ
梢から梢に
しのび泣きのような懺悔をくりかえす
一木の幹への抱擁
絶対の美の範疇は揺るぎもしない

地霊に祈る言葉をさがして
悲愁の緑が一面に夕焼ける野に出る
黙契とはあのように輝き出す星の
一つの光なのか

夏の窓

くりぬかれた空虚のように
開け放たれた夏の窓
炎天の青空が広がる向こうに
雲がいくつか真っ白に湧いている
草の葉を揺らす風もなく
庭は静まりかえって
光と影の澄みきった陽ざかりの午後
舞い落ちる欅《けやき》の葉と見紛うばかりに
二匹のキアゲハが番《つが》って

黄模様の羽をたがいに重ね
静かにふるわせながら
ゆっくり宙を泳いでいる
これほどにおおらかな性の営み
夏の一日の
美しい神の造形
私は狂うような気持で
見つめている

パガン遠望

炎熱になぶられた大地を鎮めるように
ビルマの命の河が遠くに流れる
イラワジ河の中流域に昔
モンゴル軍率いるフビライが現われ
パガン王朝の栄華は崩れ去った

この途方もない仏塔《パゴダ》の群れは
貧しさに浄化された敬虔《あつき》祈りが
その形を生み出したのか
碧天を仰いで幻のごとく荒野に林立する
この歴史の放胆さは
時刻《とき》を静止させ
仏陀の栄光も悲惨も消して
無窮の神秘を詩《うた》うもの

いま人影一つなく
木という木は茨や刺にまみれ
鳥も寄せつけない疎林が
道までも拒絶している
赤茶けた地肌をさらす仏塔に風が渡ると
幻聴のように祈りが
朗々と谺《こだま》する
竹小屋に生活《くら》しながら裸足《はだし》の民が

心血をそそいで守りつづけたもの
その営みの空しさ哀しさを誰が感じ得よう
美しいと思うわたくしは何者

焦げる赤錆びた不毛の大地よ
どれほどの煉瓦を作るために
木は伐採され燃やしつづけられたか
畑という畑が砂に埋まっていったか
祈りが貧しさのものなら
慰藉としての弱者だけのものなら
望みを持たない裸足の民は
繰り返す生活しの中で
歴史を眠らせ続けるだろう
仏陀の体臭のようなジャスミンの芳香に抱かれ
ひたすら浄化としての

秋その偶然

晩秋の青空がまぶしいほど澄んでいる
ふりそそぐ光の中で
色づいた公孫樹《いちょう》並木が
忙しなく葉をふり落としている
吹き寄せる風と
呼応する落ち葉の順番
なんと忍びやかな儀式か
人間《ひと》の死もああしたものだろう
風の訪れがいつ自分にやって来るか
誰も知らない
こんな恐ろしいことを
誰もが顔をそむけて生きている

人が人間《ひと》であるためには

なんと多くの偶然に気づかねばならないか
校舎の裏のかたすみに
名も知れない木が大きく育っていた
二階廊下の高窓が
一箇所開けられていたことから
私はそれを見つけた
裏に出てその木に近づくと
野放図なたくましさで
待っていたとばかりに話しかけてきた
人が生きているというのはそんなものだろう
すべては偶然からはじまる
どんな場にあっても
どんなに長い時間を共有しあっても
そんな偶然にめぐり合わねば
人はひとでしかない
そしてそんな偶然が
必然となるためには
人はどこまでも人間であり続けねばならない

東名高速道路

うもれ陽の緑も薫る午後に
村の森での出来事
荒くれて咆哮する狂った重機
橙色《だいだいいろ》の地に
なすりつけた黒の数字で
U106A パワーショベル
強烈な夏の太陽の中での暴挙
村の生きものすべてが脅え
測量士のような男が
砂遊びをしている子達に声をかける
駆け出す子達をしりめに男が高笑う
そこに鳴り響く音

迫り来る獣の面をした何台もの大ブルドーザー
爺さんが佇む
――ご先祖様が泣いておられる
――ご先祖様が泣いておられる
厚ぼったい皺を刻んだ眼くぼから
涙をポロリポロリ流しながら

＊　＊　＊

三年も前
雨もあがった夜
村に寄り合いがあった
大きな高速道路の縦断だ
爺さんには三番目の娘の縁談が近かった
村長の乗り気な声色もあり
村人の反対の一人をせせら笑うほどに
不安などないはずだった

反対の一人が
――畑もたいしてないくせに
横槍を入れたら
裸電球の下で坊主頭は目玉ぐりぐりさせて怒った
爺さんは一本気な性格だった
藁葺き屋根の家で
庭はずいぶんと広く
裏に小川が
孟宗竹ありゃあ
牛よ豚よ鶏よ犬よ
菜っ葉も大根も
根っからの百姓だった
一年が過《た》ち
総領息子の孫が四人になった
毎朝仏壇でお経をあげれば
足の痺れるまでそこに座った
夕方息子と野良から帰ったら

二合の酒で涙を流した
一番下の孫が三つになって
娘が嫁ぎ先から戻ってきていた
子供達のままごとだ
のびるを刻んで大根の花を盛って
菜っ葉もむしられた
じいさんは怒らないで笑っていた
そんな時だ
ちっちゃな幸せ抱えているそんな時だ
遠くで誰かが金杭打っている
それはみごとな金属音
——奴らが来た
——奴らが来たのだ
爺さんの顔を見て皆黙った

その晩
爺さんは珍しく酒も飲まずに

晩飯が終わると孫たち相手におとぎ話をした
　昔、昔オ爺チャンガ生マレテ来ルズーット
　昔ダ
太陽ガ二ツアッテナ
ミナ眠レネーシ
子供モ生マレネエ
ソコデ女一人男一人ガ
太陽ヲ撃チニイッタ
途中デ柚子ノ実ト南瓜ヲ植エ
実ガナルト食ベテハ歩イタ
皮ノ厚イ実ナリノモノハ
熱サ負ケヲシネエカラ
トウトウ世界ノ果テノ
一番高イ山ニ登ッタ
トコロガ朝ノ太陽ヲ弓ニ矢ヲツガエテ
イクラ撃ッテモ当タラネエ
夕日メガケテ女ガ撃ッタラ

今度ハ当タッタ
太陽カラ熱イ血ガ流レテ
一ツノ太陽ハ死ンダ
アトニナッテ撃ッタ傷跡ハ冷タクナッタ
ソレデ夜ガデキタ
ダケドモナ故郷《くに》ニ帰ッタラ
男ト女ハミイラニナッテシマッタトヨ

夜が明けると奴らの音は始まった
爺さんは眠い目をこすりながら野良に出た
鍬を黙って振り上げ振り上げ働いた
牛も鳴かずヒバリも鳴かずに巣に戻った
鍬の音が
――オサムイデスネ
――オサムイデスネ　と鳴れば
奴らの音が
――オアツイデスネ
――オアツイデスネ　とやり返した
雨の日は畑仕事は休みだ
奴らの音は飽きずにこりずに
ますます続いた
嫁の仏頂面が
――豚小屋も鶏小屋も裏の納屋はみんな壊される
んでしょう　爺ちゃん
出戻りが
――裏に大通りができりゃあ町にはすぐだべぇ
爺ちゃん
話しかけたけど黙っていた
そろそろに麦の穂が色づきはじめた
そんな日
愛嬌のある男達七、八人
爺さんの家にやって来た
――わかっているよ　わかっている
変な挨拶だった

男達は作業を始めた
引っ込んだ母屋はそのままに
豚だ
鶏だ
鬼ごっこだ
一悶着にけりがつくと
陽も傾いて黄昏れかけていた

厳めしい朝の到来だ
大ブルドーザー引き連れた一部隊が
やって来た
とてつもない騒々しさ
あきらめの母屋から
遅い朝餉の煙が上っていた
しばらくして音が止んだ
たくましい男達のどよめきが聞こえてきた
でかい青大将の夫婦の死骸だ

ここの神様が死んだ模様だ
爺さんのやせた腕や目が
人垣をかき分けると
二匹の蛇のしっぽを持った
川に向かって歩いた
それでおしまい
爺さん一人の弔いだった
空はあおく澄んでいた
爺さんは母屋の裏に出て
じいっと工事人夫の作業を見守った
しわがれ声の底で
ときどき何かを言ったりした
ぶっきらぼうな高速道路に取り残されて
尻を向けた藁葺き屋根は
爺さんの人生そのものに見えた

（拾遺詩篇から）

コスモス

光がわれて
風がそまる
コスモスゆれるか
ゆれてやさしく火群《ほむら》を打て
蒼天に向かう
群舞するその佇い
あどけない花芯が微笑《えみ》をする
しなやかな個我の秘密を

コスモスゆれるか
ゆれてやさしく火群を打て
風道に戯れ
白と赤と桃色の
無窮の諧調を競う

一輪一輪の華やぎは
秋を断罪して
風景のさびしさとなる

空

私は空をまたぐ
〈嘘だろう〉という顔が浮かぶ
〈コロンブスの卵の話を知っている？〉
と言ってみたい気になる
私は今、大地に寝転んで
広い青空と対面している
両足を上げ
何度またいでみても
深く静かな神秘は笑っている
雲まで吸い込んでしまったようで

私の心の裡までも
吸い込まれて行きそうだ
こんな広くて果てしない
何もない空間を
私は本当に知っていただろうか
大地に寝転んで水平になる
すべてが水平になった時
空は無限大のやさしさで
私をつつみながら
青という色でしかない永遠を
教えてくれる

風景

寂寥とした風景の前に
どれだけ立ちつくしてきたことか
風景はありのままに
眠っているようにも見えるが
平然とした呼吸を繰り返している
眺めるつもりが眺められて
身をさらしていることにもなるらしい
おもいが掻き立てられて
慰めのようなものを得ているとしたら
とんだ誤解の感傷だ
風景に思い入れは慎しまなければならない

風景を眺めようとするのなら
呼吸を合わせて
私も風景になるしかない
この静まりかえる風景こそ
荒々しい自然の組成で生まれた
冷笑家《シニスト》達なのだ

アヒルさんの街

都会の中を動いているとき
私の身の置き所が見つからない
すべて作られた空間には
押しつけられたやすらぎしか見つからない
意識をすると
数限りない騒音だらけの小宇宙
濁りきった臭いの渦も
何層にも風に混じりあって鼻を打ってくる
それに人間の顔だ
顔、顔、顔の得体の知れなさ
私が感じるように
この顔一つ一つもさまざまに感じている
でも街だから
挨拶やお喋りはしない

沈黙と無視、むし、虫になっている
虫になり変わった人間だから
感受性なんて邪魔なもの
虫のように生きるのが都会人のスマートさらしい

車は洪水のごとく流れている
誰かがひとつ狂えば
たちまち大事故がおきても不思議はない
緊張と極度のガマンにならされた
この楽天性は見事なもの
どのように身につけてしまっているのか
そう言えば
「文化の着こなしが都会人のモットーだ」
こましゃくれたコピーライターが
物知り顔でノタマワル
○○デパートのピカソ展も
××映画のロードショーも

凸凹ホールの音楽会も
どちらも旬《しゅん》のうちに味わえるからこそ
理解までも一層に深まるものらしい
はてさて浴びるほどの文化の中で
うまく泳いでいるつもりのアヒルさん達が
ブンカブカの長靴でうようよわさわさ

夕方の大通りから逃れるように路地に入る
場末の飲み屋の看板がぽつりぽつり
路地だけは素顔で歩けるところ
ひらひらと紙切れが舞うように
一匹の蛾を見つけた
蛾だから季節のない街に生きられるのだろう
向こうで
普通の身なりの男が
捨てられたいくつかのゴミの袋をあさっていた
でも都会だから

失いつくしても
人間がとり繕える
生きやすい場で
あるらしい

あの世はどんな具合だい

——善明修四に

暗闇の中の
仁王立ちした欅の一木のような
そんな存在感を
いまさらながらお前に感じているよ
この歳になって
たとえばその欅の葉が
胸のうちのどこかで
はらはらはらはら散り落ちて行くような

そんな思いに駆られてくるのだ
　アノ世ハドンナ具合ダイ
　風ハ吹イテイルノカイ
　オマエノ好奇心ガ黙ルハズハナイノダガ

銀座《マチ》では壊れたカウンターの椅子を
取り除くようにオマエの死を
もうかたづけてしまっただろう
いま目の前の
庭の柘榴《ザクロ》の実一つだって
変わることなく
あるがままだ
「死ぬことはただ消えるという一人称の現象なの
　かい」
と言ってみたところで
「ソウヨ、ソンナモンダヨ」
オマエの野太い声が聞こえてくる

ダークブルーのスーツを着込んで
銀座《マチ》に馴染んだその姿と
心の姿はアンビバレンス
泥臭くてやさしかった
批評を口にするより
おおらかな感想を自信ありげに呟いていた
興奮してくると九州弁がとび出して
顔や頭に手をやりながら
喋るのが癖だった
男の愛嬌を
オマエほど無自覚にふりまく男もいなかった

　アノ世ハドンナ具合ダイ
　風ハ吹イテイルノカイ
　ソレニシテモオマエガ死ヌナンテ泣カセルゼ

熱き手の持ち主へ

――横田喬先生追悼

この温顔は他人《ひと》を愛しみすぎた淋しさなのか
いたいけのない者に
この慈しい眼はどれほど深く染み入ったことか
熱き手の持ち主へ
骨太のたくましい体力を苛む
喘息とたたかいながら
不器用な心の力が
どれほどに多くの生徒をつつみながら
その該博な知識は語られたことか
時間を待とう
夏の異変と思えるほどの激しい酷暑も
いま曼珠沙華を咲かせて
秋を呼んでいる

命の草のように

――大越敏之さんに

この枯れおびた路傍の草々
ヨモギやウシクサ、チカラシバ
茫野いちめんに冬枯れて
冬の陽ざしを浴びている
一つの色に染められ
無窮の造形にある
命は哀切な調べで
実は野を色どっている
人間《ひと》の命がどれほど愛しいか
今せとぎわで苦しむ人間がいて
野の草のように
命の草のように
死を淡々とむかえるわけにはいかないか

この枯れおびた路傍の草々
ススキやカヤ、スゲやオギ
風の吹きつけるがままに
身をしならせやがて折れたとして
そのままに揺れている
雨が降りだして雪となり
しんしんと土中の裸の命へ
それが死にいたっても土となって眠るだけ
人間の死は
刻々と瘦せ細り　痛みにたえて
その絶頂に死の恐怖が
巌のごとくに存在する
野の草のように
命の草のように
死はより生を夢見るものになれないか

風の配分

いくつものいくつもの古墳があった
山のように盛り上がった大きいものから
形がくずれて小僧の出臍《でべそ》をおもわせるものまで
木はしげるだけしげって
古墳をおおっていた
なかには遠慮会釈もなく
古墳の土手っ腹にどっかりと居座って
大木になっている
静けさはあたりを睥睨《へいげい》とつつんで
過ぎ去った悠久の時刻《とき》を
消してしまっていた
その道のかたわらに
大きな栗の大木があった
いっぱいに大きな栗の実をつけたから

いつのまにか下枝はみんな折られてしまって
登れるような木ではなくなった
高みにたわわに実った栗の実が
落ち始めると
そこを歩く人たちは
木を揺すってみたり
棒をもちだしたりしたが
それはあきらめざるをえなかった
笑み割れて風によって落ちる
栗の実の落下の配分を
小さな僥倖として受け取るだけだった
通る人の誰しもがそれをした
頭を下げ無心になって
風の配分を拾って行く
慎ましげな人生のあかしとして

蒼茫

涅槃をおもわせるような月の道へ
私は誘い出された
晩秋の明るすぎるほどの
深夜である
靄の立ちこめる
休耕の田畑のあぜ道をぬけ
私という孤狼の影を曳いて
真昼では現われ出ない修羅のごとくに

嗚咽《オエツ》スル魂ヲ許セ
傷ダラケノ総身ヲサラシナガラ
犬ノヨウニ吠エテミヨウカ
蒼茫ニ浮カブ月ニ向カッテ
鳥ノヨウニ飛ンデ行コウカ

ここは死霊達の見つめる
月の荒野
私が今佇んでいるという事実
目の前で
月光に浮かび上がる犬シダの木が
何千という葉を止むこともなく
はらはらと散り落としているというのに
きっと今夜ここでのことも
他愛もない出来事として
千年もの昔の事であったかのように消え去る
それに何の不思議があろう

冬の陽炎

真冬の
この鉄路は
いまの私の直線の倫理だ
いのちが淋しくもえている

求めあう心の距離を
互いにはかりあいながら
平行する二本の鉄路
見えない先まで貫こうとするか

鉄路のかたわらには
私の慕《おも》いが捨てられて
ひそかな冬の陽炎が
いつまでもゆれている

そして
擦過する火花を散らし
電車は過ぎて行く
人生のように

春の土

野面《のづら》に大気が振動しはじめた
眠りから覚めたように
生きものの呼気がいちめんに聞こえ
霜枯れた野辺の草からも
いよいよ競うように芽をふき出す明日を
確信させる
ほのかに陽炎が立って
田園は笑うように
春を掘り起こしている
そして柔らかに黒々と
目覚めた春の土
その秘めたる弾力
厳かに薫って
永劫に変哲もない風景を
叱咤激励する
　生気ヲ誇レ
　生気ヲ讃歌《ウタ》エ
　生気ハ魂ノ律動ダ
　生気ニ優ル美ハアルノカ
　生気ニ優ル美ハアルノカ………
鳥のように歌いながら
新しい風が渡って来る

朝の信号

その娘は
愛くるしい顔立ちに薄化粧で
紅の口元が初々しかった
毎朝すれ違うときに
彼女の足が跛行であることに気がついた

私は彼女に出合う時は
エールをおくる気持を
さりげなさで殺しながら
いつか輝くような笑顔で
幸せを迎えている時期に出合えたらと
ひそかに思う日もあった
傘で顔の見えない雨の日は
チェックの赤い傘の動きはエネルギッシュで
遠くから彼女だった
まともに目が出合ってしまった時も
恥じらいの目つきが勝ち気な口元をしめて
背筋が直線のように息ばって見えた
その日は青信号が点滅し始めて
私が渡り終えたときだった
何人かの勤め人が小走りですれ違って行き
遅れてランドセルの黄色カバーを揺らせた
小学生が見えた

その時体を大きく泳がせながら
あの娘がつられるようにとび出した
思わず振りかえって彼女を見守った
信号はすでに赤になっている
エンジンの音は鳴り出し
車も彼女を見守った
なかほどを過ぎた所で
利き足の左が何かに躓いたように見えた瞬間
大きく前のめりに転倒した
投げ出された手持ち袋から
中身がみにくく飛び出した
タクシーの運転手が一人車からとび出てきた
向こう側の歩道からも
年のいった女性が駆けつけた
運転手に支えられて歩く彼女は
うなだれているふうには見えたが
一人で歩こうと痛がるふうもしなかった

彼女の一番憧れていたものを
私は見てしまった
それからは
蒼ざめた顔色をした娘に
一度だけ出合っただけである

鳩たちの空

二月の蒼天が
窓の向こうに澄んでいる
生徒は学年末試験の真最中
鳩たちの飛行だ
大空を思いっきりデザインしている
数えきれない群れの集合が
一糸乱れぬ統率のリズムで
円を描いて行く

小気味よく羽撃きながら
どんどん速度が上がっている
右旋回を繰り返すと
いつのまにか左旋回
鳩たちの飛影は一羽のように
陽光を燦々と浴びて
上昇する上昇する
直線となるや滑空へ
翼がいっせいに煌《きらめ》く瞬間がある
それは人間界で一人エールをおくる
ボクだけへの発信
どこまでもダイナミックで挑戦的だ
大空を飛ぶことのこれほどまでの喜悦《エクスタシー》は
果てしのない連鎖にある
これは鳩たちの大空マラソン
王者《リーダー》を決めるためのおごそかな儀式かもしれない
見始めて三十分は過ぎた

この執着力とエネルギーには
きっと何かの秘密がある
生き長らえてきた生きものだけに秘められた
人間達の知らないものが………
群れから遅れはじめた鳥がいる
別の方向へ脱落して行く二羽
それでも群れの速度は変わらない
何という奴らだ
また一羽また一羽と
飛行から外れてビルの尖塔に止まり始めた
それを嘲笑うかのごとく誇らかに
その上をまだ飛んでいる
もう十羽もいないだろう
サバイバルな飛行ゲームも終りに近づいた
その時、試験終了のチャイムが鳴った
さあ、答案用紙の回収だ

本郷　LONG GOODBYE

ここは桜の名どころ染井
銀杏《いちょう》並木の門をたたいて
あっという間かやっとのことか
三十二年が過ぎ去りました
そんな私の教師人生
はてさて幕を閉じるにあたって
一席懐《おもい》をうかがいまする
人間《ひと》は自分一尺見えてはおらぬ
若さも仕舞いの三十路《みそじ》の前で
C級映画のスター気取りに
文学青年なれの果て
熱と夢とがせめての取り柄
おっとり刀で飛び出した

オットトト　オットト
一寸先は闇夜にござる

さてさて教壇お立ち合い
顔の見えないノッペラボウが
あっちにワイワイ
こっちにグウグウ
オドシ、スカシにカラカイ入れて
ビンタもたまにはご愛嬌
憎まれ好かれは教師の器量だ
オットトト　オットト
一寸先は闇夜にござる

教えることが学問か
教わることが勉強か
どちらも過大に夢を見ながら
反面教師のこの世界

本当のこと教えようと思ったら
教師の肩書き邪魔になる
本当のこと学びたいなら
人に頼ろうなんて不届きだ
オットトト、オットト
一寸先は闇夜にござる

上者必滅　得者定離
教員ドラマも面白く
五年のつもりが年重ね
我が道忘れて七転八倒
玉に瑕《きず》なる正義感
ケガっぽいのも私の人生
むなしさかなしさ噛みしめながら
夜の巷《ちまた》をうろついて
今日は何時《いつ》まで飲んだやら
オットトト、オットト

一寸先は闇夜にござる

そんな私の嫌いなことは
先生と呼ばれるほどに馬鹿となり
ラベルだレベルだレッテル好きで
リベラル忘れてふところ浅く
出来の良いのは大きな頭と
山椒魚の養殖場で
鞭をふりふりちーぱっぱ
生きもの相手のこの世界
一筋縄ではいかぬ生徒が
どれほど生きがい与えてくれたか
オットトト、オットト
一寸先は闇夜でござる

はてさてはてさて
こんな私に長の今まで

言いたいことは実に山ほど
山ほど言い過ぎた私にすれば
損だったのか得だったのか
所詮人生のコヤシだと
このさい丸くおさめてもらって
じゃあ諸君!! ご一緒に
オットトト、オットト
一寸先は…………
あ、どうやら闇夜も白んで来たようで
じゃあこのへんで
ロング　グッドバイ

詩集『緑のひつぎ』（二〇二〇年）全篇

幻楽の森

——北八ヶ岳にて

その森の風貌と言えば
コメツガの原生林で形成されているが
仁王立ちした陰樹の群落は
波打つような獰猛《どうもう》な苔の浸蝕に
肉はそぎ落とされ
筋力だけでやせて見える
陰湿な冷気は張りつめ
ぶきみに静まりかえる苔の森は
どこまでもつづく
そこには生きもの達の姿はない
刻《とき》を封印する邪鬼が番人に立ち
入場を拒み見据えているようだ
ときおり樹陰から

悶えのた打つような軋《きし》みとも呻きとも知れぬ
さざめきの幻聴が……
まぐあいする陰樹と苔の悦びなのか
私は秘めごとの相愛風景のなかで
きりきりとした孤独にさいなまれる
人間《ひと》はこの迷宮の刻の
一握りの時間しか生きられまい
激しすぎる命に滾《たぎ》る
悦の深さなど知るよしもない
気の遠くなるほどの昔
この森が始原の裸《はだか》石の山で
どれほどの雨と強風と日照りに
さらされ続けたか
長久の自然の営みは
風が種を運び
雨はそれを育てた
荒原の植生は

ただただ生きることへの強暴な力で
こらえ続け
こらえ続け
岩石の狭間に根を張りはじめたのだ
岩石に根は寄り添うことで
強靱な根に鍛えられた
一木一木の存立に
どれほどの土中のドラマが秘められていよう
樹は悠然と空を立ち仰ぐだけに見えるが
それは突き進んだ分だけ
根は獰猛な牙をみがいて
その成果を誇っている

木を殺す

木を伐る、木を枯らすとは言うが
木を殺すとは言わない
蟻やメダカには殺す意識がわくのに
百年を越える巨木に対しても
罪悪感は感じられないようだ
どんな生物でも身の危険を察知すれば
反応はさまざまに見せるものだが
木は怒らず
されるがままのでくの坊
そうなのか
本当にそうなのか
血は流れなくても
木肌に微妙な変化は
土中の根に痙攣が起きているかもしれないし
過敏な枝葉への樹幹の水はどうだ
人知の及ばない感じ取れない事実を
真実と決めこんではいないのか

晴れあがった五月半ばの朝方だった
坂下の道路沿いに軽トラ二台が止まると
ヘルメット姿の五、六人の男たちが現れ
いきなり森の伐採を始めた
うなりをあげるチェーンソーの金属音
木の泣き声、金切り声にも聞こえ
一瞬の静寂の後には
倒木の断末魔が辺りをつんざいた
アカ松、カラ松、カシ、コナラそれにクヌギもホ
　オも
何十種の樹木からなる緑濃き森
いきなりやって来た男たちの
チェーンソーの死刑宣告に
その無惨な作業現場は
樹木の死体が折り重なるように散らばった
昔の木挽き職人が見たらこの惨状を何と言うか
でたらめ放題の切り口の汚さ、ふぞろいの丈は
樹木への尊厳など微塵もなかった
赤裸となった森いちめんが殺人現場
男たちが去った後には
鳥も虫も逃げ去って
静寂だけのむなしさで
木の死臭があまくただよっていた

たとえどんな木であろうと
年に一度は新芽を吹き新緑の姿になる
苔むした古木までもが若返るのだ
鳥獣虫魚のどこをさがしても
こんな鮮やかな生態を見せるものがあろうか
その新芽の色は朝に夕に変化し
日ごとに変貌する
新緑の微妙な色彩の濃淡はさまざま
浅みどりから金茶や黄金色
それに銀鼠、白銀があり

翡翠や碧玉だってある
花に見まがうほどの淡紅、深紅はどうだ
たしかに木は土中に根を張るかぎり
動かない動けない一生をおくる
鳥獣虫魚のように鳴いたり吠えたり跳ね回ったり
生理的反応などは見せない
風を待って枝葉をそよがせ
雨を受けてじっとりと濡れそぼつ
いつも静かな受動で立ち尽くしている
こんな従順さで生きているのだから
あらゆる動物たちは
木に仕掛けたり、利用したり、切り殺したり
やりたい放題
それでもあらゆる生きものを抱きかかえる
絶対的な母性は
沈黙する木でありつづけるのだ

哀しいガウディ

哀しいガウディ
彼の青く美しい澄んだ眼は
心地よい光とやさしい謙虚さに満ちて
南フランスの祖先の血を感じさせた
明るい陽光を浴びるその大地の自然こそは
至純な素朴さと
奇知を彩る美意識を育てたのかもしれない
内気で口べた、そのいちずな性格は
曖昧さや外皮の虚飾をはがし
直視する眼の持ち主だったから
物腰の洗練にも野卑からも遠く
生来の孤独は人間嫌いの風貌にさせた
生涯唯一の恋も実らず
反教会的だったガウディ

それが伝統的な教条主義の
もっとも敬虔なカトリック信者になるまで
人生の苦節は彼を大きく変貌させた

『サグラダ・ファミリア』
ガウディは信徒たちに誓った
「すべては神の計画によるもの、この教会を十年
　で打ち建てる」
設計図を必要としないガウディ
自然の力学をモチーフに
構造は引力に答えを求め
窓の形は差し込む光によるもの
煙突の姿は風のあり方で
すべてが自然へ問うた神の知恵だと信じた
それは模型を作り出すという手法から
〈美しい形は構造的に安定している〉
その信念のもとに

自然から最高の形を抜き出そうとした
彼の後半生を懸けたこの挑み方は
命が危ぶまれるほど身を空にして
キリストに成り代わったかのごとく
荒野での四十日間の激しい断食をした
これを見た人々はこの男の異様な執念と
狂気じみた振る舞いに怖気をふるった
そして建築は〈神のデザイン〉だと嘯《うそぶ》くガウディ
構造上無理が生じる水平と垂直が交わる部分でも
接合部分は曲線でつなげてみたり
柱は放射線状に分岐させた
傾斜した柱や荒削りな石を好み
曲線と細部には物語性にみちた装飾があしらわれ
この教会思想のシンボルが彫り刻まれた
独自な構造力学と合理性
不思議なほどの堅固さは
〈神の力〉によるものだと

いつの日かバルセロナの街を見下ろすように
少しずつ現れはじめたこの『聖家族教会』
時代の認識は歴史の流れを跨ぐことができず
人々の顔はあざ笑い口々に非難した
〈伝統も権威も格式もない不謹慎きわまりない司
　教館〉
〈建築を芸術と履き違えたまるで童夢のような代
　物〉
また遅々として進まぬ建築に
むち打つような事件が起きた
ガウディの大きな支柱となっていた神父の
教会からの追放とその死だった
ついにガウディまで精神病患者に仕立てられ
夢の領域まで踏み込んだ一代の男の文化の逆説は
時代が評価しきれなかったし
建築には単一な概念しかなかった

しかし正気で不屈なガウディ
建築現場から離れようとはせず
そこでの寝泊まりがはじまった
自己資産のすべては投げ出されていて
建築資金が枯渇すると
ひとり戸別訪問に出向くガウディ
「犠牲と思えるだけの額を芳志してこそ、虚栄で
　ない真の慈善です」
だれかれなしに言って廻った
『聖家族教会』とは信者の喜捨による贖罪《しょくざい》教会の
ため
公的機関の資金援助は受けられなかった
スペインの国民詩人マラガイは言った
「これは建築の詩だ、人間わざとは思えない。完
　成をみなければ我々の敗北だ」
同時代に生きてガウディを知るピカソは

「ガウディ、あの貧者の大聖堂なんて糞食らえだ」
南仏の別荘で毒づいた
天涯孤独で夢を見続ける浮浪の男
髪は掻き乱され、汚れた衣服をまとうガウディ
警官は彼を不審者として引っ立てた
カタルーニャ語しか話さない頑固さも火に油をそそぎ
留置場へぶち込まれた
ようやくガウディと認知され釈放後も
その姿は改めるべくもなく
現場の職人たちを愛しみ声をかけ続けた
〈塔は楽器だ、建築は音楽なのだ〉
それに呼応するように
大きな塔や小塔が胸壁の上にずんずんと伸び
ゴシックよりもよりゴシックに
放物線のアーチや鉄製のオブジェが並び立ち
薔薇窓をつけた生誕の門まで工事が進んだ

ところが聖ヨハネ祭を間近にした六月の始め
その日の仕事を終えたガウディは
教会のミサへ向かった
大通りを渡り切ろうとしたところで
疲弊した七十四歳の老体では
路面電車を避け切る力はなかった
轢かれたのである
その場では一命を取り留めたが
病院へ担ぎ込まれるのが遅く
浮浪者同然の風体のいかがわしさに
病院の対応はおざなりで
ガウディは夢を抱えてあの世へ去った
神がこの男に引導を渡したとしたら
信仰とはそして
神とは

偉人

――中村哲医師に

ほんとうの偉人になりえた人は
かけらほどにもそんな意識はなく
自分の信念に邁進した人だ
権力とか欲望とか地位とか名誉とか
自尊としての個の飾りがわずらわしく
むなしさやうす汚さが目について
自分だけの山道を黙々と
信念の頂上めざして
孤独に歩む人だ
その孤独な心情には
他人《ひと》の傷みをわが事のように感じとれる
真からのやさしさがあり
冷静な状況判断と

個として立ち向かう度量の大きさは
まさに雄々しい大人《たいじん》だ
内にこもる生気の強さは
前に前に進むことで
自分の人生など振り返ろうともしない
行為の等価として求めるのは
他人の評価などではなく
結果の大小でもない
自身が納得できる達成感なのだ
常に無心の所作で物事に接するから
社会も見えるし
他人が何で動くかも知っている
黙することの寛容さ
徹することへの忍耐と持続
深い眼《まなこ》の奥には
碧く澄んだ湖水のように
波立たない感情と

光るような強靱な意志が秘められている
その人間としての器が
まれであったとしたら
偉人になったのだろうか

緑のひつぎ

スイカズラの薫る梅雨空のさか道
そばの花が風にさざ波立っている
白いビロードを敷きつめたような
季節を飾る大地の衣装
その花の一輪は
さびしげで
貧しさとか弱さとか
個のみすぼらしさを
全体の力で打ち消している

個の柔弱があのようにいやされるなら
個我などどれほどのものか

ジャガイモの花が凜として咲き誇り
色つや葉ぶりは堂々と空を見すえる
おそらく土中には
実りの豊穣が
じっくりと蓄えられている
そんなたしかさが美しく立派で
誰しもそうありたいと夢見るものだが
収穫ともなれば
幸不幸のかたちは不揃いでさまざまだ

真っ黒に熟し切った桑の実が
道を汚すほど落ちている
虫も鳥も見向きもせず
踏まれて雨に流される

人間《ひと》の命も
歴史の中ではそんな姿でしかない

それを想えば
人間としての人生には
愛憎も苦悩も
欲望の駆け引きも
個性や価値観の食い違いも
それから
個々が秘める人生ドラマだって
すべては刻《とき》が流れるままに
ひとつのかたちになり結着している

老熟とはかなしい風車
風が吹くたびにそのひとつのかたちを
想い出しみつめている
そして命の風が吹き止んだとき

茫々たる天の沃野から
緑に萌えるひつぎが
野の薫りをふりまきながら
ゆっくりと降りてくる

青い休符を奏でて

――俊造君へ

金蠅銀蠅の群がるような
価値観が右往左往する汚れくたびれた都会
顔を持たない人たちから逃れて
きみは森の住人となった
森の朝一番に届く陽射しは
自然の清潔な意志だ
振りかざす鍬や鎌の刃にそれはキラキラ光った
きみの人生が始まったのはその時からだ

ひとのよろこびとするものには
休符の印を心に刻み
手拭いでねじり鉢巻きをして
大胆な生のデザインを夢見ようとした
苦行僧を気取ったわけではない
頭は坊主にしていたが
ポーズではなく、面倒なだけで
自分の意匠に徹底してこだわったのだ
森の静寂、隔絶、沈思、
霊気の中での自意識の躍動は際限なく
立体であれ抽象であれ
アートとしての活動は
心情の位相への飽くなき展開だった
それも物足りなくなれば寸言の紙つぶてが
森のうめきのように咆哮に咆哮を繰り返した
どれほどの孤独と絶望
あらゆる飢餓が醗酵され

森の夜ふけをあてもなく彷徨したか
抱きとめる愛しみの存在を求めたか
そして
俗世間を唾棄したその代価は
きみの自信となり、思想となった
いまその森の家から
憤怒にあるいは慰藉《いしゃ》としての
夕焼けた緑が眺められるだろうか
主人《あるじ》の永久に消えた森の静けさ
現身の若い肉体が流していた汗
あの人懐っこい笑顔
きみを愛しんだ人たちの胸に
つよく刻印されているはずだ

トマトの味

子供の頃トマトを嫌った
赤くぽってり熟れたイメージは
プラムや桃のような期待を
酸っぱさと青臭さで
大胆に裏切ったからだ
野菜だと言うのも受け入れがたかった
八百屋に行けば小ザルに積まれ
木箱にもごっそり粗末に扱われていた
それがいつの日か
大人になってトマトが好きになった
品種改良を重ね
味わいに深みがでて
酸っぱさも青臭さもやわらぎ
甘みが生まれていた

食べやすくなったトマトは
果物と違う存在感で
食卓に欠かせない野菜となった
ところがいつの日か
トマトに不満が生まれてきた
ますます甘みを引き出すことで
トマトは六十、七十の婆さんのように
かどのとれた円熟味だけの
癖のない野菜に感じはじめた
ある時市場へ出掛けてのこと
威勢の良い八百屋の親父に
「酸っぱくって青臭い昔のトマトが食いたい」と
　言ったら、
「そんな人は百人に一人だ」
と仏頂面で顔を背けられた
改良に対する気まぐれと反省はしたものの
でも昔の味をもう一度味わってみたかった

野菜の旨味をよくアマイと言って賞賛する
野菜そのもののこくの深さの表現であるなら
わからなくもないが
旨みがアマイとは限らない
旨ければ良い、口当たりばかりを考えた
そんな食感の雑駁さは
野菜のファストフード化だ
癖を嫌ってその個性を消す
媚びと気遣いばかりの
時代の膿《う》んだ顔をしている
時間が前に進めば
進化だ進歩だと考えたい人たちばかりで
〈味ないものの煮え太り〉現象だ
土や陽ざしに育てられた野菜の顔
不細工でとがった自然の味を
細やかな神経で噛みしめる
そんな舌をみがく余裕こそ
本当の贅沢さかもしれない

このブルー、人生極まれり

遠方にそびえる角錐の山
サント・ヴィクトワールは紫にけむり
平野には岩石や丘陵が点在する
赤土がはだらに見え隠れする木々の間を
いま男はカンヴァスをくりつけた画架《イーゼル》を背負い
山の方へと向かって行く
めざすは起伏にとむ面の変化とその色調
見つければ画架を立て
風景の地肌まで見つめつづける
そしてやおらカンヴァスを睨み
わずかな色彩と絶対的真なる線で

〈俺は自然のさまよえる手を合わせてやる……。
右から左からあらゆるところから、そのトーン
や色やニュアンスをつかみそれらを近づける。
それらは線を形づくり、物体となり、岩となり、
木となるんだ〉
男の筆触のブルーは
山や野が歌いだし
山野が幻楽に染まりだすまで
この格闘を挑みつづける

男のパレットは暗い
友人ピサロの言った言葉だ
対象への色調の発見までこねまわし
明度のない男の人生の色そのもの
男は歳よりずっと老けて見えた
禿げあがった頭と日焼けでくすんだ顔
頬から口元へかけての髭は黒々と
なすがままのみすぼらしさで
くたびれた大きすぎる靴に
古い縁つきの帽子と薄汚れた外套
プロヴァンスの町の物笑いの種だった
男は感じやすい極度に神経質な質《たち》で
印象過敏症と言う病名があった
自分に向けられる視線のすべてが
悪意と嘲笑に思え、
〈人生という奴はおそろしい。孤独、これこそが
私にふさわしい〉
口癖のように言っていた

男の父親は
帽子屋から銀行家に成り上がった
評判のけち臭い資産家
この父親からの仕送りで男の暮らしは成り立って
いたが

その金額では足りず
男の不満はつのる一方だった
妻はと言えばそんなことにはお構いなく
一人息子と好き勝手に暮らした
男の不細工さや社交下手に
絵描き仲間や友人は
助言や忠告を惜しまなかったが
男はうるさがり彼らを遠ざけた
不思議なのはこの偏屈な世捨て人
画家のプライドだけは一流で
〈現在生きている本当の画家は私しかいない〉
平然と言い放っていた
ある時、男がカンヴァスに向かっていると
後ろから散歩中の老婆がのぞいた
男の罵声はカンヴァスを取りだすと
地べたへ投げつけ踏みつけた
持て余す怒りに狂う傲慢なパラノイア

町の誰一人として
そんな男の画家の成功を望んではいなかった
それまでの何回かの個展でも
評価はさっぱりで売れていなかった

しかしこの男の絵に取り組む姿勢だけは
誰もが真似できない宇宙を持っていた
男が妻をモデルに描いていた時のこと
〈リンゴは動いたりするかね〉
傲慢なひと言、情け容赦がなかった
対象への集中は一分のすきもなく常に真剣勝負
写実も点描も抽象も
手法さまざまな時代に
自分の絵を描くことだけがすべてで
技法はその絵次第
見尽くした風景の核心をどう捉えるか
発見と想像力から湧き出すその観念の実現へ

一タッチ、一タッチを繊細な用心深さで
鋭利な感覚とその熟達が
塗り残しの必然性まで生んだ
光の考察、色の配分、構図より面との調和
可視的な自然の奥にひそむ不動の本質へ
絶対的至高の域へ突き詰めずにはいられなかった
この観照の高度な結晶こそ
男が求めつづけた至高の美だった

五十代半ばになってこの男の絵が騒がれだした
同時代の画家たちは
競って男の絵を評価し所有したがった
ピカソでさえ自分の絵五枚を差し出すと
画商から男の絵一枚を受け取った
マチスはこの男の「水浴の女たち」を励みにして
臨終の床でその絵の行方を遺言した
傲慢さでは引けを取らないゴーギャンまで
〈何というブルーの使い手だ〉と絶句した
日本にも死の床で男の絵を見つづけ
この世を去った小林秀雄という評論家がいた
もし、この男がそんな事を知ったとしたら
憮然たる男の顔が浮かぶ
〈君らに私の絵が解るのかね……〉
男の名はポール・セザンヌ

Ah! surprise

閑暇な午後の昼下がり
老いも若きも頭そろえてアー・べェー・セ
ふらんす語の授業です
ガラスのドアを叩くものあり
天使ミカエルと思いきや
ノックのがさつな羽ばたきは

一羽の若いメスツバメ
軽やかに闖入だ
何の気まぐれ起こしてか
お部屋の中を飛びまわる
とんだ椿事だハプニング
皆そろっての無慈悲な追い立て
はてさて人間様はこんなにも
寛容さに欠けていたとは
「ツバメさん、アナタもレッスンにお入りなさい」
とは、よもや言ってはくれぬ
越鳥南枝に巣くうの譬えのごとく
育てられたこの巣どころを思い出し
親兄妹にあいたくなった一心で
飛んで来たのに
こんな仕打ちを受けるとは……
ワタシの居場所は突き進んだ青空の
風の匂いのうずまく処

こんな狭い一室で人間様は
自分のためだけコセコセ生きるから
他の生きものたちの心のうちは
見えるはずがありません
それではマダム、ムシュウ、ご機嫌よう
アディユ

アカシア咲き乱れ

この御牧ヶ原では
春から初夏へ
一変する山の儀式のように
白い花房をつけたアカシアが
煙るように山肌を染めている
その木々は野辺においても
棚田をかこむ山裾でも

淡いジャスミンに似たほのかな薫りで
辺りを包みこむ
ただならぬこの里山の変貌に
祭りのように浮かれているのは
さまざまに鳴きかわす鳥たちや
忙しく動きまわる虫たちの騒擾《そうじょう》だ
鹿や猿も人目を避けたところで
心地よい眠りにあるかもしれない
不思議なのはその景色を
あたりまえに見ている人たちだ
自然への仰望
人の生活《くらし》から遠のくようになって久しい
季節からの繰り返す恩恵を
生活からしか見つめなくなった
隣り合わせの自然を
昔語りしなくなったのだ
時代の変転は

知的な生活へ変貌させ
やせた感性からは
感受性も美意識も育たず
生活の心はわびしさを託《かこ》つ
山は忘れられ
荒れに荒れた
老木は倒れたまま鬱蒼として
分け入る道すら消えている
だからこそアカシアの木々が
猛々《たけだけ》しく咲き乱れる
ひと風吹けば花房は大きく揺れだし
山流となって歌が聞こえる
〈山へ入レ、山が育テタ心ヲ忘レタカ、刻マレタ
　生キモノノ血ヲ思イ起コセ〉
アカシアの木々の木魂が振動する

カメ虫

秋の日
陽盛りの窓辺へ立つと
黒ずむ褐色のカメ虫が
網戸に数匹へばりついている
とがった三角の頭部と細長い触角
羽はあるにしても
脚は三対だ
いたってのろまで
追い払おうとしても
なかなか飛び立とうともしない
この鈍重と頑迷さ
越冬が何より大事とみえて
室内へいつの間にか潜り込んでいる
押し入れの布団の中だったり

脱ぎ捨てた靴下の中にいる
この虫のおかしなところは
少しもジタバタせず
簡単に捕まえられるところだが
どっこいその体に触れようものなら
人の死臭をおもわせるほどの
悪臭をまき散らす
毒には毒をもって
臭さには臭さの場へと
おそるおそるティッシュで摑んで
日に三度四度とトイレへはしる
だから浄化槽には流されたカメ虫の
死屍累々が腹を向けて浮かんでいよう
ナンマイダナンマイダ……

秋を抱擁する

Ⅰ

山や林が見つめてくる
熟れた秋の息づかいは
足下から僕を染めて
秋は僕を抱擁する

このひとときを色鮮やかに燃えているのは
カシワやカエデ、ウルシやハゼ
この年でしか生みだしえない色を
木々が秘める自我として主張する

もはや光を奪われた林の中では
落下する音が聞こえる

一年かけたクヌギ実が
忘れていたかのように土へ返されるのだ

そして立ち尽くす僕は秋のなかへ
もっと秋のなかへ
木々のたくましい枝となり
僕は秋を抱擁する

Ⅱ

秋のひとの背中は愁色にそまる
林の色は燃え落ちて
澄んだ空気は山の臭気をいっぱいにはらむ
ひととせかけた一木一木の立ち姿は
老木たちを舞台から引きずり下ろす

ヌルデの木の葉が散り敷かれている向こうでは
断末魔の亀裂音が聞こえ
腐りかけた倒木の
あがきのような甘い匂いが
おそらく山神様が降臨している

そんな山や林を見すえながら
冷ややかにしみわたる空気に包まれ
秋の人はおごそかな歩みをする
そしてそのうちぶところへ
消えて行く

（拾遺詩篇）

人間《ひと》であること

薄明の窓辺に
起き立つと
覚めやらぬ夢の続きを見ているような
飢えた心の淋しさが猛烈に起きて
人間《ひと》というより
生きものであるという脆《もろ》さ怖さに
心臓が激しく脈打っている
うす靄がかかる眼前の林に目をやると
ふと何かが動いた
犬ではないが走り廻っている
ここはあの世の墓場で
あれは私のタマシイか
居場所もなく絶望感に
やみくもに走り廻っている
あれがこの世に捨てられた私の姿としたら
生き抜いた人生の果ての
形を持った姿としたら
過去に人間であったこと

どれほどに尊い存在としての意識が
その断絶感に目がくらむ
見てしまった
知ってしまった事実のように
私は窓辺から離れる
それからベッドに横たわりながら
今はまだ人間であったことに
喜悦の涙を流し
ふるえている

手のひらに春

林道をそれた日だまりのそこに
芽吹きを競いあう青草のむれを見つける
しゃがみ込み手を押し当てると
春の温《ぬく》みが手のひらをやさしく打つ

今年の冬はあまりに厳しすぎた
なによりも痛めつけられ強く耐えていたのは
あるがままの草木たちだ
生身を酷寒にさらし
ただ一筋にやって来る春のため
命の火を灯しつづけた
待つこと忍ぶことへの秘める力は
人知の及ぶべくもない
そのひたむきな剛《つよ》さこそ
あの草木のさまざまな形や
鮮やかな緑を生み出すのだ
そしていつの日か
まったなしの春が
土を目覚めさせ
大地や生き物のすべての水を温め
草木の根っこに号令を掛ける

今年はいつもの年より芽吹きが早い
こんなかたすみの春の振動は
こうして四方八方へと広がり
いっせいに鳥や虫を歌わせるだろう
草木の吐息で空気までも染めるだろう
地平からの薄羽ね色の大気は
やがて春の色への演出となる
いま私の体を駆けめぐる血が
春に弄《まさぐ》られている

海に来て

あおい　あおい　あおい海
ふるい　ふるい　ふるい懐かしさ
遠く　遠くにそのあわいおもいを
船が乗せて行く

ふんわり浮かんだ雲、雲、もう一つの雲の間を
ぽつんと鳥が見える

私だけが砂浜に寝そべっている
まるで打ち上げられた漂流物
風のささやき
波の音
遠くの潮鳴り
響き寄る海鳥の鳴き音《ね》は
私の昔を揺り動かす

起き上がり
波打ちぎわに立つと
心の奥に潮風がしみこんできて
意識の先がきらめく
得られたものも
失われたものも

刻《とき》は
引いては返す波のように消し去った

私は二本の足で立って
両手をポケットに突っ込んだまま
海に対峙している
やがては消えてゆく
このちっぽけな生きものとしての存在
海は赤子をあやす揺りかごのように
無限のまなざしで応えてくる

もはや夏の日の

もはや夏の日の
忘れ去られた悲しみは
風に波立つ稲田の緑に
微動だにしない
一羽の白鷺

もはや夏の日の
忘れ去られた悲しみは
陽盛りの庭の片隅につながれた犬
鳴き声もあげずに
小屋の出入りを繰り返している

もはや夏の日の
忘れ去られた悲しみは
果たし得なかった約束事
想い出すたび自責の傷みが
それも刻《とき》に呑み込まれてしまった

もはや夏の日の
忘れ去られた悲しみは

長年住んだ母の部屋に立ち
台所の汚れさびた傷あと
きしむ板の間に母の面影を呼ぶ

もはや夏の日の
忘れ去られた悲しみは
突然に届いた遠方からの便り
そこには覚悟の短歌《うた》が五首詠まれ
まもなく友は逝った

もはや夏の日の
忘れ去られた悲しみは
悶え苦しんだあの時のおのれの姿
緑陰の蟬の鳴き声も聞こえず
そこを通り過ぎて行ったのだ

もはや夏の日の
忘れ去られた悲しみは
枯れおびた紫陽花の花群れよ
遠くからおいでおいでをして
なつかしき顔が笑《え》みしている

生動するもの

一つとして同じ朝がないように
草や虫、鳴き交わす鳥たちにも
朝は新たにやって来る

夜の眠りが朝を生むとしたら
生動するものに休息を与える夜は
静寂と無に身をゆだねねばならない

ひそかにか生動する無花果《いちじく》の実

緑《あお》きまま黙りこくる実の結実
秘めた言葉があるとしたら

生理の停止が死を意味するなら
あらゆるものに休止はない
生動し続けることは輝きとなる

生動し続けることの変転
歓喜とか挫折とか憤怒とか悲哀とか
私たちはよく口にする

生動そのものが
生きもののすべてであって
意義づけは私たちだけのもの

生々しく見間違えてきた蓄積の歴史
あるがままの生の息吹を見失い
自然に抱かれるのも拒否して来た
だから私たちに神が必要だったのだろう

地球が笑う

コロナコロナと
人類が病んでへこんだ
地球が笑う
世界の空はどこもが青く澄みはじめ
自然に抱かれることのやすらぎを
誰もが想い起こした
事の始まりは
机以外の四つ足ならば何でも食すという国の
コウモリから発したウイルスとか
高をくっていた人間様たちは

迫り来る恐怖に外へも出られず
テレビとスマホをいじくり回し
玉音しか聞く耳持たぬ人間様はパチンコ屋へ
真面目にオビエル人間様は
手の皮がむけるほど消毒にいそしみ
顔半分をマスクで覆った
科学文明の最先端に盲従する喜びで
栄耀栄華をむさぼり続ける人間様たち
それがどうだ
ひと握りのウイルスから
世界中だれもが人間不信となり
にっちもさっちもアサッテも
獅子身中の虫にコッケイなほど静かになり
ステイホーム、ステイホームが合い言葉
猫や飼い犬は当然なこと
公園の樹木や鳥、ゴキブリまでが
この異変に呆れているはず

神秘主義者の顔を持つかのニュートンが予言した
未知の感染症は人類に終末をもたらすと
歴史の傷あとをふり返れば
人間様の過度の自惚れ傲慢さが
原水爆だ、核ミサイルだと、戦争に明け暮れ
大地震や大津波、猛烈台風は矢継ぎばや
神代も恐れぬ自然破壊の暴走が
地球自然のバランスをぶち壊し
人類の先行きは手探り状態
地球が笑うのは人間様の進化だ進歩だという
欲望にとり憑かれた狂気そのもの
自然と生きもののあるべき姿は
とうに崩れてしまっているのに

蝶の記憶

いつまで雨は振りつづくのか
梅雨が明けないのだから
心も体も湿っている
ヴェランダのスリッパに足を入れると
何かが動く
もぞもぞと一匹の蛾がはい出てきた
そうかオマエもこんなところに居場所を

どんな生きものにでも
命というものを見つめるようになったのは
生きられている自分の時間を
強く意識するようになってからだ
生きものすべてに言えることは
その命を生かす道に
みちびかれているのであろう

今朝がたのことで一匹の蝶が
小雨降る中を舞って来て
私の肩にちょっと止まるようにして
去って行った
あまり見掛けたことのない蝶だったので
記憶に残った

午後になってめずらしく晴れ間が見え
散歩に出て帰って来ると
玄関ドアに舞ってきた蝶が止まった
蝶道というのがあるのかもしれない
よく見ると今朝がたの蝶に思えた
ドアに止まると動かなくなり
羽を立てたままになっている
〈見せてごらん、そうだ見せてごらん〉

羽を少しずつ動かしはじめた蝶に声をかけた
〈もっと見せてごらん、そうだ、そうだ〉
蝶はゆっくりゆっくり開いてゆく
〈あっ、美しい、美しいね〉
大きく大きく開いて水平にまで羽を広げた
黒地にふちどった瑠璃色の斑
なんと見事に全開したことか
その蝶はルリタテハと言った

歌集

『秘めうた』

（二〇二〇年）

滾《たぎ》る六月

大地は今あをき命の滾りたつ桑の実の熟れ蛇いちご赤く
翼にその猛《たけ》きいのち跳《をど》らせて燕よ空野に愛喰らひあふか
官能の真菰《まこも》が闇に誘《いざ》なはれせつなきまでに行行子《よしきり》の鳴く
鯔《ぼら》跳ねる暗き水面を湾曲に匕首のごとし喜悦を見せて
こだはりて一つの記憶たぐりよす悔いのむしろに山法師咲く

白闇《しらやみ》のなか

ああ雉《きじ》が白闇を裂き雉が鳴く飢ゑるさみしさこの身肌にも
目覚めればおもひくたくたと白闇の独り身果てむ心の修羅よ

漆黒のカラスとなり闇のなか被虐の愛を唄つているのは
火酒あふりおのれ燃やして火夫となる水銀に似て光り出すものは
散り敷いてカラマツ葉の静まりぬ夢うつつに訪ね来るひと

あをき炎《ほむら》

廃屋に咲き競ひあふ藪椿花のむくろを散り敷いてまで
動じずに蛇を見すゑる紫陽花の空の青より秘めやかなあを
紫陽花のあをき炎に手差し入れそのさみしさ触れてみずには
闇に血と咲き出す一輪アマリリス屠《ほふ》られし男の背に投げられ
ばうばうと野に天に燃え曼珠沙華怨みと慕《おも》ひ地の祭りに

おもひつめ川を下りて小車草《をぐるま》の夏のいのちを描いてみせて

さみしさはおのれにありし月見草汝《な》が花の性質《たち》心にしみて

捨て場

友逝きて荒々しき落日よひとり風景に見られてゐたり

野良猫にしみいるやうな夕焼けさびしさの捨て場さがしあぐねて

野良犬につきまとふほど寒月の哀しき顔よ背骨浮き出て

我を見る放置自転車のサドル錆び人生の具象雨に打たれて

たれこめし空にシューマンのピアノ鳴るたわわなる枇杷に激しく飢ゑ

緑はふ五月闇の下《もと》青春の地図を広げてとまどふ吾は

生臭き息づかひしてわれ囲む十五の春陽答案にをどる

イムジン河

――酷暑の板門店にて

眠るやうに夏の陽浴びて大河あり国分かつことの悲しき流れは

欺瞞みちた「帰らざる橋」一つ架け虚仮《こけ》の兵士を河が笑ひ

イムジン河渡り行く風よどれほどに祖国は慈《やさ》しくなつかしきかな

郷愁に怨念に河見するてても剛直な意志で流れるだけの

岸辺立ち飢ゑる魂よ絶望を大河は慰藉《ゐしや》してくれるものかは

飛ぶ鳥もあをき山河にいのち燃ゆ修羅の大地よ何のいのちか

身を投げて黙す大河に軽き身の祖国は知るや死に一途なるを
水晒《みづざれ》の骸《むくろ》の数を河に問へ唾棄すべき国に骨埋めるより

白鳥来たる

白き身の怯懦《けふだ》の群れよ美を誇り眩しきまでに空に生きるか
くちばしの黄《き》鈍《にび》を見せて鳴き渡る天の回廊尼僧が行く
淫楽に泥田であへぐ長き首湿性の膀間火のやうに熱く
酷寒の闇夜静まり白鳥は血を凍らせ立つたまま眠る
陽がさびし霜打つ庭に水仙の鳴きながら行く二羽の白鳥

印旛沼周辺

めぐり来るこの風景に入場す匂ふ野の花よ独り鎮まりて

たそがれし野道にあり白き羽一つ残し飛び去りし鷺は

山茶花の老木咲きほこる道にあり生きることの痛切さとは

静まりてカラマツ葉ふる冬の闇ひとの命の去りにし後は

いのち荒ぶ世の中となり野仏まで寂然として背中向ける

生きることかくありたしと今朝の空逆風ついて飛行機の行く

逍遥とこの冬の野を生きぬかむ草の命は春を信じて

父身罷りて

部屋に居て動けぬ父の眼《まなこ》ありその深き見守り応へるすべなく

いつになく咲く春の庭待ちわびて冬の命ははかなくもあり

深井戸をのぞきこむ日々にあり釣瓶落としに父身罷りて

死に顔の美しくあり一筋に生きた証しをさとすごとく

棺あつく般若心経散り敷いて死出の旅路を母守らむと

父逝きて菜の花こぼれ散る朝に花びらのごとしその残影は

覗かむと白木蓮の狂ひ咲き骸《むくろ》となりし春彼岸前

蒼黒くひたひたと打つ川波のこの風に泣かむ冥府の父よ

青柿も熟柿《じゅくし》となりて秋の暮れ柏手一つ鳥追ふひと亡し

空寂として

吾が空はどこまでも碧く校庭に変哲もなく人生一日
冬空を背負ひて影を歩ませるちぎれ雲一つ心風なし
空ひとつ映して裏の水甕に飢ゑたる夢は少年のままに
吾ひとり冬空のごとく澄みてありひとつの意志を貫かむとして
雑踏にあり冬空の陽は薄し生きることの遠き明日は
黙然と空を見すゑて石のごとくさまざまにあれその生き方は
烈々たる夕陽に向かひ坂下る細みゆく命なに使ひ果たさむ

灰の夢

散り敷いて秋黄金に時間《とき》薫る公孫樹《いちやう》の葉よいそぐないそぐなよ

靴底に自虐をつめて爪先立つ青春の癖《へき》をいまも装ひ

刻まれて疵《きず》あとしみる冬欅《けやき》病みし家系は灰の夢なる

厳寒に建ち塞がりし鉄柱《てつばしら》朝陽にそびえわれ断罪す

外灯に照らし出されし背中一つあの父性われになく闇に消え

鉄路は明日への橋渡らずに汗臭き町望郷も消して

暗闇に光の帯引き列車行く顔のない乗客愛国もなく

ほの暗き枯葉道冷えて終り秋愚かなる子蛇まよひ出てきて

凍てつきて夏蜜柑のるいるいと身肌に痛き青春の鞭

秘めうた

火沼《ほぬま》湧き消す術もなし飛ぶ鳥の山の姿はあくまで閑《しづ》か
惑ひぬき寒月と歩く墓下道せせらぎ光る激し慕情は
淡くとも慕《おも》ひは刻をつらぬいて何処へ届かむひとつのかたちを
迷い果て黄鈍《きにび》の風よこの五月山流となつて愛の放逸《はういつ》を
ばうばうと天に野に燃え曼珠沙華愛恋の怨み地の祭りに
たそがれて烏瓜残す裸道暗愁の川へ慕《おも》ひを捨てむ
玉の緒のせつなき古歌を板書せむそのせつなきは吾が胸にこそ
かなしさに降りこめられて行き場なしB級映画の闇に埋もれ

じんじんと実熟るるほどに夕陽燃え渇きたる胸その名呼びたし

欅秋この直立の祝祭に情《こころ》まで似て熟れてにほふ

激しく求めあふもの見ることの見つめあふことの形をなさむと

かくまでも業苦の真夏よ桎梏にぬけるやうなあの青空は

よぢ登り崖上の愛に明日はなし燃えさかる陽よ身をつらぬいて

断崖よ荒々しき落日よ佇《た》ち迷ふ吾と落ちなばともに

後朝《きぬぎぬ》の風にくだけて心寒し昨日雪降る曼殊院の道

冬の川石投げつけむ空虚《うそ》の身に愛染の痕《きず》はなやぐばかり

淪落のおもひは消えず忍冬《すひかづら》固き乳の歯形忘れず

黙契とは縛りあへない絆ゆゑ星の光を信じるに似て

南仏にて

——ゴッホへのオマージュ

あたらしき陽は十月の空ゐぐりプロヴァンスの雲大地を讃《うた》ふ

この空とおほらかな大地まさぐりて狂ほしまでのゴッホの色は

誰知らぬ町のカフェにて見つめくる青き自画像の眼のかなしさよ

耳を削ぎ激しき血をしたたらせ叫《わ》めきし男よ今眠りにつく

汝がための想ひの果ての尽きるところ丘の彼方に淋しき家の見え

柊《ひひらぎ》の花の散る

――F君を悼む

秋寒の熱き微笑をそのままにいきなり果てむ汝《なんぢ》十六

路上にて若き血潮はあまりにもその決断は清らかすぎて

黙しての血潮に染めた永訣を兄よかくまでなに命責む

弟よ白闇までも惑ひぬきひと言なりと兄は語れず

母なれば哭してやまぬ師なりせば無力の罪《とが》をたれにか問はむ

静まりて読経にあはせ花の散る柊を知るや咲きほこる庭の

沿道はクラスメートの佇《た》ちつくす蒼ざめしなか君もゐたはず

旅先にて

路地裏に流れるファドのせつなさは酔ふがままにここは異国か

黒まとふファドの歌い手泣き節は恋のあまさも哀しみとなり

朝まだき読誦《サラート》の響き目を覚ます何をか祈るモロッコの民は

腹痛に天安門の商館へ駆け込みしトイレ傘さしかけて

この夜更け裸姿の少年たち吾が生ひ立ちの夏の昔へ

首の無き仏陀の群れよアユタヤにこの白き花悲しみの木とは

埃立つ道に座り込む男たち炎熱に仕事なく笑つてゐる

錆びた海見知らぬ国で夏果てぬまた歳を経た九月の悲しみ

滝音は飛沫を散らし凄烈に那智天然を永劫にうたふ

滝音の剛直なまで打ちするゐむ森羅万象神々の讃歌《うた》よ
風のうた土の火照りに花いきれ心の海へ鯨およがせ

東北大震災

あの山河よボロボロに砕け烈々たる放射能はまだ生きてゐる
山津波おもちゃのごとく町流し阿鼻叫喚地獄絵図を見る
何もせず見守るだけの無力の罪《とが》はあの絶叫に流されつづけ
私といふ現象を停止せよ感じて詠《うた》ふことの不遜を

銀座デビュウ

――善明修四を偲んで

紫陽花の花に問ふべしその一輪ママがたくせし心の花は

炎天に耐へて孤独の背中あり男の野心銀座《まち》をねぐらに

あたぼうよ男の花の咲かせどころ銀座まとめて花いちもんめ

銀座デビュウと言はれし友よ無謀に華やぎ代価はいかに

その晩に死に急ぎゆく友と知らず飲み別れての銀座《まち》が憎し

退職して

生徒《ひと》の名と時間に解かれ野の草のその名覚えむ朝の湖水来て

通勤に痛みし鞄よ幾春秋つめ込みしもの夢と悲哀と

西陽薄き冬日《とうじつ》も暮れ遠き友病重しと不意の知らせあり

昨夜より吹き渡りたり大風に桜散りもせず今朝ツバメ飛ぶ

花いばら川面を打ちて繰り返すいたき吾が想ひにも似て

一つがひ青田に染みる白鷺の動くことなし永遠を刻みて

いつの間に葛《くず》の花匂ふ秋舞台花いく日の命あるうちに

凍てつきし寒林に入りて落ち葉踏む意志ある力朝陽またいで

水仙の薫りひろつて朝あたらし一瞬の春ことし疑はず

逃避の川冬に魚釣る少年は孤独の病にうちすゑられて

湖《うみ》暮れむ荒涼たる風景に吾おきさられ六十二となる

母急逝す

独り居の母の暮らしのさびしさは吾より電話掛ける日々にあり

みづからに老人ホームへ行くと言ふ気丈な母は認知症に

バッグあけ何度も何度も確認す悲しき姿母失ひたり

独り部屋テレビに向かひ何おもふ訪ねし吾の心配くり返す

いろはがるた買ってこいと言ふ世話好きの母遊んでやるのだと

正月に母急逝す御節にと我が家よびよせ母倒れたり

母逝きてどれほどの愛どれほどに吾をかばひてここまで生きしか

母身まかり事々にわきたつ想ひ止むことなし秋暮れむとす

御牧ヶ原

浅間より烏帽子《えぼし》に連なる山並みの丹沢山塊と似たるは望郷

犬を追ひ霜踏む朝陽のただ中へ命をあらふ永らへるとは

落ち葉にも散り落つさきの色かたち師二人逝きて胸もとに舞ふ

朽ちる樹よ古稀となりしはその洞《うろ》に月をのぞめる気概もちたし

凜とした漢語言葉の響きにはゆかしき日本の人柄思ほゆ

柚香《いうか》菊《きく》群れて咲きだす真昼野は万緑うたふ御牧が大地

木立より見下ろすほどに山藤のその強き色御牧を染めて

山藤は木に巻きついて立ちのぼる枯れ細る木よこれも弱肉強食

この地では薪がすべての生活に百年の桜伐り倒したり

いちだんと林檎《りんご》杏子《あんず》の花盛り主人《あるじ》亡きあと家置き去りに

老女独り残されし家灯も消えて二十匹こえし猫いづこへ

アカシアの花咲き出だし六月の我が身の愁ひ妻老いたり

黙然と樹木見するゐる散歩道この鎮まりは人生の果てに

エッセイ

詩人の肖像

詩人の容貌と作品を見比べたとき、私の印象からすれば多くは乖離している場合が多い。もともと詩人の顔などというものはないのだから、詩作品の読後感でその詩人へのイメージが湧くというのが一般であろう。それからすれば詩であれ、音楽であれ、美術であれ、芸術がもたらす感動に作者への共感や憧れの感情が、作者の実像に勝手なイメージ作りがなされたとしても無理からぬところと言える。

ところが大手拓次ほどそのギャップを感じさせなかった詩人を私は他に知らない。長身で、仮面のような無表情を覆う長髪、眼鏡の奥には思索的な切れ長の眼、そして鼻筋の意志力と頑固に座った鼻、それを受けとめる唇の薄い繊細な口元。どこから見ても何かを感じさせる人物像だろう。そんな容貌が一朝一夕で生まれ得たであろうか。拓次が書き残した日記を探っても、世俗の楽しみにうつつを抜かす記述を見つけるのは難しい。

美神に仕える仁王のごとく象徴詩への飽くなき追究と、密室化した部屋での読書に没頭する孤独と想像の日々。後の残された時間は、ただただ女を慕《おも》い夢見つづけたとしか言いようがない。

これほどすべてを詩で染めて生きた詩人が古今にいただろうか。私は八年に渡って彼の評伝を紀要で論じてきて、拓次がどんなに書き散らした詩でも、その日の心の姿として捨てずにおくいたいけなさに、今生では無名のまま命尽きたその人生に、恐懼とも哀憐とも言えぬ愁然たる想いに立たされるのだ。

翻って考えれば、そこまで一徹に生きた裏付けとなるものは、拓次自身が信じて疑わぬ自己の詩才、詩魂が厳然と彼の裡に意識されていたからだろう。

ところで去年の暮頃、ようやく出来上がった拓次の評伝、『迷乱の果てに』を持って、彼の故郷磯部に墓参りに出掛けた。十年以上も前にぶらりと来たきりであったので、あらかたの印象は薄れてしまっていたわけだが、今度訪れて見て、大手拓次という詩人はどこまでも哀しさがつきまとう詩人だと慨嘆せざるをえなかった。

碓氷川に向いた墓石は北向きで、くすんだような御影石の墓は、背に陽射しを浴びて暗く、奇妙なことに一部が欠けていた。拓次の甥にあたる桜井作次氏より後で聞いた話だが、これは一昨年に拓次の墓の後ろにあった小屋が燃えて、その火を受けて墓石の裏側が欠けてしまったとのことだった。それに加えて墓石に、大手拓次の墓と刻んであるのも拓次の墓にしては不似合いに思えてならなかった。

その足で磯部館の当主の桜井氏を訪ね、初めてお目にかかったわけだが、拓次を論じた本が無かっただけに、本格的に取り組んだこの本が嬉しかったらしい。かなりのお齢のはずだが、驚くほどの若さで、その晩は十二時近くまで盃を酌み交わし、拓次の話をしてくださった。

拓次の祖父にあたる大手万平は磯部温泉の開祖とも言われ、地元の人達にはたいへん崇められたらしいのだが、若い時の放蕩無頼も桁外れのものだったらしい。桜井氏の話では、その万平の血が三人の孫に見事に受け継がれていると言われるのである。家出をしたりして一時行処が知れなかった長男孫平には、博才（遊び人）の血が、そして次男拓次には、芸術的な才が。これについては若い頃の万平は多情多感で、よく短歌なども詠んだらしい。そして三男秀男（作次氏の父。桜井家に養子に入る）には、商才の血ということになるらしい。

ところで拓次の死後出版された曰く因縁の詩集『藍色の蟇』の詩集名についても面白い話を聞いた。表向きは北原白秋が、拓次の希望を汲んで、萩原朔太郎の主張した「尼僧」を退けたとされるが、事実は白秋のまったくの一存で「藍色の蟇」という詩集名に決めたとのことである。と言うのは、白秋が主宰していた文芸雑誌『朱欒』に、拓次が投稿して初めて掲載された作品が「藍色の蟇」であったことから、それに因んでつけたらしいのだが、本音のところは、昔は弟子の時代もあった朔太郎に、自分のあくまで弟子であった拓次の詩集について、僭越なまねはさせないといった意地の方が強かったらしい。しかし余談だが、朔太郎の主張した「尼僧」という詩集名は、見事に捉えていたように思われてならない。似通った資質にあった朔太郎には、かなり自信のあったところではなかったのか。

拓次が生涯において熱烈に恋慕した女性は十指どころか二十指にも至るかもしれない。が、その中で唯一、拓次と恋愛関係を結び、通い妻のような一年半を続けたM・H子について、桜井氏に問うてみずにはいられなかった。なぜ二人は結婚に踏み切れなかったのかと。やはりその障害の最たるものは、二人が親戚関係にあって、磯部では評判の家柄だけに、親戚中が世間体を気にして猛反対をしたとのことであった。それに、拓次の熱しやすく冷めやすい優柔さにも原因があったようだ。

翌日は朝食を済ますと桜井氏が部屋に来られて、磯部の町を案内しようとドライブに誘われた。車中でも拓次の話がいろいろ出て、私はその話に想像をめぐらせていると、奇妙な興奮に駆られた。実在としての拓次の体臭を近親に感じ取っているような錯覚を覚えて、大手拓次との距離が一気に縮まっているという実感があった。そしてその話の中に一つだけ拓次らしからぬ裏の顔を見たようなエピソードを聞いた。

拓次が南湖院で息を引き取った後、桜井氏が、拓次の十八年間住んだ都館の下宿を整理していると、ブランデーの空瓶が七〜八本出てきたとのことだった。これは驚きの事実で、拓次は終生酒を嗜まず、大福餅に舌鼓を打つような詩人だった。おそらくは飲めない酒であっても、激しい恋慕に苦しみ疲れ、酒でいやそうと思い、ブランデーの香りに惹かれながら、薬でも飲むように一口しては嘆息をつき、顔を赤く染めながら飲んでいたのであろう。あるいは南湖院へ入る前の四十代頃から、女も詩集出版もうまくゆかぬ憂さ晴らしに、少しずつ酒を飲みだしていたのかもしれない。酒の味は判らないままでも、その場しのぎの酔いを求めて、こっそり飲んでいたのかもしれない。そしてそんな苦しみの残骸も拓次は捨てられずに残しておいた。そんな気質の人柄なのである。

拓次の薄幸な人生には絶えず哀しさ、淋しさがつきまとう。そこには性格的な欠陥や病弱な体質が社会性を欠如させ、孤独志向にならざるをえなかった。もしも詩作が存在しなかったら疾うに命は尽きていただろう。逆に詩作が彼の存立であり、それがすべての遮蔽物となり、そうした人生にしてしまったとも考えられる。いずれにせよ確かに言えることは、拓次は詩作によってそうした苦悩に立ち向えたからこそ四十七年を生きたのだ。それが短かかったか長かったか。

ここまでは、詩人の諏訪優氏に請われて、「風立ちぬ」という詩の小雑誌に掲載したものだが、後日談として、拓次の事で嘘のような本当の話がある。

私は昭和六十二年に、大手拓次生誕百年に因んで前橋市の文化委員会から講演の依頼を受けた。前橋市と言えば、萩原朔太郎の地元である。近代詩でのその存在感の大きさを考えると、拓次の講演にどれだけの聴衆が集まるか心配の念があった。その当日、「大手拓次の可能性」という演題で話そうと、市立図書館の大ホールへ入った。思いのほかかなりの人で埋まり、緊張しつつも二時間ほど話して何とかその役目を果たした。

翌日、友人が運転する車で三度目の拓次の墓参りに磯部へ赴いた。誰もいないさびしげな墓前で講演の報告をしながら合掌した。そして友人に言われるがまま、墓を背景に写真を何枚か撮った。ところが後日その写真を見て驚いたのは、一枚の写真の左側ぎりぎりに、黒のオーバーコートを着て墓を見つめる男が大きく写っていたのである。メガネを掛けた横顔の大きな高い鼻筋は拓次に似ているが、ルーペで何度も見た結果、別人のようにも思えた。私は心霊写真としてではかたづけられない何かを感じさせられた。

ところでホテルへ引き返すと、留守中に私に電話があったとのこと。メモ書きを見ると、私が勤める学校で長らく国語科の教師をしていたN先生だった。早めに退職して群馬の榛名湖近くに住んでいると聞いていたが、早速電話を入れると、前夜もホテルへ電話をしたそうで、私が宴会で不在だったことを詫びると、近くに来たのだから寄らないかと言う。講演に行けなかった代わりに家に寄ってくれたら、拓次の詩集『藍色の蟇』をあげてもよい、とのことだった。

この詩集は、昭和十一年に三円八十銭で売り出された、革表紙、天金仕立ての大変な豪華本である。私は神田の田村書店のウインドーに飾られたその詩集が、十二万の値札がついているのを何度か眺めていた。評伝を書いていた時も、前橋図書館に二、三度通い、その詩集は手にも取っていた。全集を持っていたので、そこまで高価な代物を買おうとは思っていなかっただけに、欲しい気持ちはあったが、その彼に会いたい気持は起きなかった。年齢は私より一回りも上で、詩集などに興味を持つタイプではなく、どのようにして手に入れたか訊く気もなかった。翌朝、私は寄らずに帰ったわけだが、惜しかったという気持ちは何年かちらついた。

それから二十年以上も過ぎていたが、私は六十歳で退職して、気ままな文筆活動の日々にあった。が、どういうわけか空き巣とも変質者ともつかぬ賊に家が狙われ、パトカーを三度も呼ぶはめとなった。無事には治まったのだが、その件を叔父に話したら「お前の気質はケガっぽいから、一度観て貰ったらどうだ」と言う。叔父は大手の建設会社の部長時代、バブル期に渋谷の土地取引に関わり、面倒な問題が起きるたびに良く当てるというその女性に観て貰って解決出来たというのだ。私は冷やかし半分の気持ちで、叔父に連れられるがまま渋谷のその女性の家を訪ねた。たしかに、私の性格や家庭のあり方を見事に当て、事件の状況なり、原因結果について曖昧な点もあったが、それなりに納得がいった。すると帰り際に、除霊をしたらどうか、と言われた。叔父も勧めるので、私もその気になって、別の日、今度は一人でそこを訪ねた。その女性の言われるがまま、されるがままにして、すると彼女に霊が乗り移ったかのような仕草が続いて、小一時間が過ぎた。そこで彼女が先ず発したのは、

「あなたの守護霊は、立派な背丈で羽織袴の、実に勤勉そうな読書をよくしているような人だ。覚えがあるか」と訊かれた。羽織袴など、まったく思いつかない、と応えると、「その人は、あなたが普段やっているものに不満のようで、何かいらいらしている」「普段やっているものって、詩や小説を書いていることかな」と問い返すと、「とにかく不満の顔で、静かな話しぶりだけど、何かの先生みたいな人」と言う。

その家を出てからも私はその守護霊なる人にあてがなく、納得がゆかないまま、渋谷の駅へ向かった。無意味なことをして金を使ったと半分考えながら、宮益坂に出た時、詩集専門の古書を扱う中村書店を思いだし寄ることにした。店内に入って五分も経たないうちに、天金の背文字がよじれ、皮の地肌がのぞく見覚えのある詩集、『藍色の蟇』が目に入った。その瞬間、私ははっとした。守護霊は大手拓次ではないのか。箱もない本体むき出しのその本を、棚から抜き出すと口絵写真を見つめた。それよりも全集で見ている拓次象も思い浮かべて、間違いないと確信した。その詩集は一万円の値札が付き、箱もなく表紙の傷みはかなりあったが、本体はしっかりしていた。私はそれを即座に買った。しかし帰る道すがら、その本を得たことより、拓次の守護霊が私に起こり得ることかと、そのことばかりを反芻しながら駅へ向かって歩いていた。

桜狂いは男の病

まさに春盛りの時期、常に感じるのは町並を歩いていても、車窓からも日本全国桜だらけである。それにテレビでは連日桜情報が流され、おそらく外国からの観光客も日本人の桜好きには呆れているかもしれない。この近年の異常なほどの桜ブームは何に由来するのだろうか。

太古の昔から日本人は八百万《やおよろず》を神と崇めている。それはあまりにも気候風土に恵まれた環境にあったからだ。豊饒な自然による大地の恩恵は、生活の糧だけではなく荘厳な自然美に聖性の力を見出して、それへの感謝の気持ちは信仰となり、そうした自然環境は自ずと民衆の感受性を磨いていったに違いない。

例えば古代においてそれがどのように日常の中へ取り入れられたかと言えば、花暦のようなものが古くからあったとされる。稲の種となる籾《もみ》を水につける時期は、白い小さな種漬花が咲き出した頃を見はからってとか、もちつつじの花が咲き出したら苗代作りをやり、田を耕し始めるのは辛夷《こぶし》の花が咲き出してからといった具合で、そしてその年の稲穂の実り具合は、山間の山桜によって占ったと。

ところが古代においての桜はあまり持てはやされていなかったようだ。当時の人々の花へのあり方は、前述したように鑑賞用ではなく実用としてのもので、折口信夫の説によれば、とくに桜は屋敷内に植えてはならないもので、山人の所有物であったとされる。しかしこれは現代にも通じて、〈桜の木は庭へ植えるな〉とよく言われる。生長が早く、根は真下へ進む牛蒡根ではなく、四方に張り出して近くの木々の生長を損ねるから、よほど広い庭でないと植えるなとされる。だから現代では公園や寺院、土手などに名木とされる桜の老木が、多く存在するのもその証のようなものだ。

そこで『万葉集』などでの花の詠まれ方に注目すると、一番人気度の高いのは萩であった。一四一首とは驚きであるが、おそらくこの花はとても生命力の強い花で、秋を呼ぶ花としてどこの道端でも見られ、子孫繁栄をもたらす縁起の良い花として持てはやされていたようだ。次は梅の一一八首である。梅は遣唐使によって中国からもたらされたが、実が薬用として用いられたことと、中国の文人の間では観梅の行事が盛んだったことから、それに倣うことが日本の貴族たちのステータスとなったようだ。平安年間には白梅、紅梅の品種がつくり出されたという。そして桜は三番目の四四首である。萩や梅に比べてかなりの数の差があるのは、日常身の回りでそれを目にするのが少なかったとも考えられるし、梅の意義づけや実用性に劣っていたからかもしれない。その桜が『万葉集』の時代から『古今和歌集』の時代へ移ると、梅と桜の人気度がまったく逆転してしまうのである。

平安時代は、和歌を詠むにしても万葉がなの時代と異なり、かな文字の普及で宮廷女流文学の最盛期を迎えることになる。そこで平安朝の宮廷男女の「色好み」という風潮は、あらゆる人を歌詠みにして自然の織りなす美に強い関心を抱かせるようになった。それと同時に貴族の生活も華美を競う寝殿造りが盛んとなり、庭に桜を植え始めている。万葉の時代では山で見る桜であったのが身近で眺められるようになったのである。

例えば『伊勢物語』の八二段に、「むかし、惟喬の親王と申す親王おはしましけり。山崎のあなたに、水無瀬といふ所に宮ありけり。年ごとの桜の花盛りには、その宮へなむおはしましける」とある。

また、『新古今和歌集』の藤原俊成に、

　　またや見む交野のみ野の桜狩り花の雪散る春のあけぼの

と言った具合で、桜が当時の貴族階級の生活の中にすでにとけ込んでいるのだ。

ところで、桜と言えば古来から歌われつづけた代表品種は山桜である。江戸末期に生まれた染井吉野などと花房をそれぞれ掌にのせ、品格を比べれば一目瞭然である。ある庭師の言葉によれば、「山桜が正絹なら、染井吉野はスフだ」そうで、花弁はいっぱいに開ききらず、花房は形良く整い、臙脂に萌える新芽が花に色合いを添える。薫りも仄かにただよい虫たちを寄せるが、風に揺れるとすぐに花びらを散らす染井吉野とは違う。花房の一つ一つが個となって、その臙脂の葉と枝とに折り合いをつけながら一木を形成する。染井吉野が花々と協調し合って全体を花で包むのとはまったく趣が異なる。この他にも白く咲き出す大島桜や、黄みがかった鬱金桜、緑に咲き出す御衣黄、あるいは花の大きさでなら泰白、味のある形なら普賢象と、さまざまだ。桜の国ゆえ、交配種は三百を越えるとされるが、桜専門の庭師がそれに職を賭して生き生きと活躍した時代は、江戸の文化文政期頃であったとされる。それぞれ武家の庭で、選りすぐりの桜を植えて、桜が咲き出すと自慢し合ったというのだが、江戸の春はさぞや美しかっただろう。それからすれば今の時代、桜の数は増えに増えたが、桜花への真の関心度は果たしてどうだろうか。桜の美への審美眼が増したとは考えにくいのである。

これは私の体験談だが、私の十代では桜は謎でしかなかった。染井吉野からの印象だったが、花そのものには陰影がなく平明な明るさだけで、花の味わいとしては見つめる視点のとりとめのなさからも、どうしても関心の持てない花だった。にもかかわらず、時期ともなれば周囲の大人たちは花見だと言って騒ぎ出すし、本や新聞にも文化人のはなやぐ顔。だから分からないなりに春到来を告げる、もっとも目立つ花ぐらいでしかなかった。そして三十歳を越えた頃になり、もともと庭造りには関心があり、家を郊外に建てると、庭木や石に興味を持つようになった。そのため名刹として知られた寺院の庭を眺めに行ったり、あちこちの植木屋めぐりをして、そこの頭領と知り合ったりするうちに、木や花の美が多少なりともわかるようになってきたのである。

そんな頃だったろうか。休日ぶらりと散歩に出て、いつもより遠出となり山寺の境内の側へさしかかった時だった。陽は傾きだしてたそがれ時を迎えていたが、静まり返った境内に咲き誇っている一木の大桜を見掛けた。引き寄せられるように境内の中へ入って行った。近づきながらそれが古木に近い染井吉野と思われた。真下に立って見ると、まさに満開時を迎えているようで、桜花の花弁のすべてがこれ以上の撓みがないくらいに張りつめ、覆い包んでくるような錯覚におそわれ、一輪一輪の花芯が眼のようになって私を見つめてくる。それは妖気を感じるほどで、全身が鳥肌立っていたことを覚えている。それからというもの、桜は別物と考えて臨まなければ、とてもその美の世界へ入り込めない代物だ、と思わずにはいられなくなった。そしてこの歳まで、いろいろな桜を眺めてきた。季節ともなれば必ず取り上げられる名木から、町なかのものや寺院、そして散歩程度に出掛けられる山中のものまで。しかし桜花そのものの美しさはそれぞれあって、種類は言うに及ばず、場所や枝振り、花付き、色合い、その味わいは一様でなく、等級を付ける気などさらさらになかった。そのときどきの心のあり方で桜花は違っても見えるからだ。桜花が魅せる真の美とは、山寺でたまたま出合った染井吉野の一木でも、眺める側の心の姿や関心度により、そのような得も言われぬ感動はおとずれるし、見る側の心の姿の深まりこそ、一木の桜がその年々に極めようとする美の姿へ誘ってくるものなのかもしれない。

世の中にたえて桜のなかりせば春の心はのどけからまし

花にそむ心のいかで残りけむ捨てはててきと思ふわが身に

敷島のやまとごころを人とはば朝日ににほふ山桜花

一首目は、『古今和歌集』から在原業平の代表歌である。また二首目は桜行脚をした西行法師のもので、こんなにまで桜の花に魅せられる心が、どうして残ったのだろう。すっかり世の中への執着心は捨ててきたと思っていたわが身に。そして三首目は本居宣長で、日本人の心はと訊ねられたら、咲き誇る山桜が朝陽に照り映え凜としている佇まいだと。この人も桜狂いをした人だ。詠んだ桜の歌数は西行の二百を上回り、三百にもなる。そして自分が死んだら、墓に見事な山桜を植えるようにと遺言したくらいの人である。けれども宣長のこの歌に触れるたびに想うのは、朝陽に映える山桜も良いが、澄んだ朝の青空に染井吉野がなんとも似合うのである。普段着の素顔さで青空を謳歌しているように見えて。

ところで、こうした桜狂いの男たちと比べ当時の時代の女性たちはどうだったのだろう。

花の色は移りにけりないたづらにわが身世にふる
ながめせしまに　小野小町

いにしへの奈良の都の八重桜けふ九重に匂ひぬる
かな　伊勢大輔

いま桜咲きぬと見えてうすぐもり春にかすめる世
のけしきかな　式子内親王

これらの歌はいずれも名の知られた女流歌人のもので桜を詠んだ歌として知られている。

そこで、この詠われた桜と歌人の関係を見つめてみると、どうも桜が梅や椿でも何の不自然さも感じられないのだ。小町の桜は隠喩でしかなく、伊勢の桜にしても、それは奈良の都の象徴としてであって彼女の桜への関心はいかほども読み取れない。内親王の歌では桜花への熱はなく、冷静にその風景を見つめているだけである。

そこで私の独断的偏見と言われかねないが、西行から宣長の近世に至るまで、女性の桜を詠んだ歌に名歌は存在しないようだ。近代になって、桜を詠む女性は多く出てきたが、それは歴史への学習として見倣い、振り向かざるをえなかった題材だったと考えざるをえない。

古今に桜狂いをした女性が存在しただろうか。本質的に相容れぬ何かがあるとすれば、それは女性の意識下で、桜全体に秘めるファクターが似通い、感情移入しにくい対象ではなかろうか。繰り返すようだが、桜という木の特性は、花そのものを見ても複雑な形状ではなく、いたってやさしいわかりやすさにある。一輪一輪が、幹と枝を包み一つの大輪を構成しているわけだが、風が吹けば姿形は流動的で、その受動はおおらかな慈しみに満ちている。他から抜きん出て聳えるような、また樹形の荒々しさが風を鳴らすこともない。陽ざしの移り変わりでは微妙に花の色合いを変化させ、遠景からではこれほど優雅で派手な存在感を示す樹木も珍しい。

だから私はこの豊艶な桜花の美の寛容性を見つめていると、二年の歳月、桜行脚をした西行にしろ、桜こそ慈母観音にでも接するようなおもいがあったのではないかと想像したりするのである。

そのため業平や西行、あるいは宣長が「あな、ものぐるほし」と呟かざるをえなかったのは、雅男《みやびお》ぶった知性によるものではなく、歌詠みはあくまでも結果としてのものであって、桜花の美の真髄に触れ得た者だけに宿る病のようなものではなかったのかと。

そこでその病とは、恋情と似て非なるもので、一年に一度の物言わぬ逢瀬から、数日のうちに燃え尽き、散り去る桜花の舞台性に、求めればどこまでも応えてくる、求める側の観賞度に関わってくるという、自然美の凄みに化かされることである。

それに老いにそろそろ差し掛かった彼らには、生臭き身から解放され、世俗の憂さから遠ざかった心境に、これほど淑やかに応えてくれる存在はなかったろう。

また当時は、現代のように至る所に桜の木が溢れているといった状況ではない。里であり山中であり、探しあぐねて出逢う喜びは何にも代え難いものであったし、自身の残された命を見つめ、生きる慰めとなる桜が、美の化身に成りえたとして何の不思議があったであろう。

――季刊「遠近」より

木（抄）

世界で最も高い木とされるセコイアという木がある。なんでもその中で一番ノッポの木は、百二十メートルという記録が残されているそうだが、その高さを支えるにはそれに見合った幹の太さが要求されるのが当然だが、その木の場合、差し渡しが七メートルあったという。地上にあってこれほどの空間を一つの生きものが占拠するとなると想像を絶するほどである。

このスギ科の常緑大高木の中には、差し渡しが十メートルを超す世界最大の幹の太さを持つセコイアスギがあったり、戦後に植物の「生きた化石」と騒がれたメタセコイアはその一種で、私はそのメタセコイアに至極感動した覚えがある。

その木は学校の校舎とテニスコートの境に、五本ほど列をなして植えられていた。もうだいぶ年数も経っていたから、四階建ての校舎の屋上から見上げるほどで、四、五十メートルはあったかもしれない。それが五本とも高さも樹形も同じように見えた。特にその樹形に関しては、植えられてから現在に至るまで、一度として植木職人の手が入ったわけではなく、だからこそ五本が五本まったくの同型を保つことが出来たのかもしれない。が、条件が同一であれば寸分違わないものが生まれるという原理も面白かった。おそらくこの木は生長も速く、上にどんどん伸びることによって、その高さとのバランスを取るための力学上、枝葉がピラミッド的というより、二等辺三角形のような形をとらざるをえなかったと考えられる。でなければ風圧や、木そのものの高さと重力を、根だけで支えることは不可能だ。それにしてもその五本の木を眺めていると、その造形の妙に感嘆せざるをえなかった。

しかしこの木の造形の妙を、私はこの木の性質という理解だけではすまされなかった。なぜあれほどまでに正確無比な枝葉がつけられるのか。おそらく杉葉に似た針形の葉の数まで、五本が五本とも同一かもしれなかった。こんな正確さへの神秘に匹敵するものと言えば、向日葵や桜の五弁の花びらなどもまさにそれであり、植物のみならず生きものの世界には数多く見られる現象のようだ。

これを学問的には黄金比と呼ぶそうだが、私にはこの黄金比に、一つだけ共通する法則のようなものがあるように思われた。それは均整のとれた形が生み出す〈調和の美〉とでも言うべきもので、この美こそ形に描いた生命力そのものであり、偉大なエネルギーを宿す機能ではないかと。

そんなことを感じるようになってから、樹木への関心はますます募っていった。犬の散歩に出掛けても、ついつい林のような所にさしかかるとよく入り込んだ。それが人のあまり入り込まないような場所であったりすると、尚更に好んで歩き回った。そんな時は、宮沢賢治の種山ケ原が思い出され、賢治にでもなったつもりで木に語りかけたり、見事な一木にでも出あったりすると、両手でその幹を撫でたり、かき抱いたりして臭いまで嗅いだ。

ある時、樹木にこれほど魅せられるから何かいい詩が書けないかと思った。題材が題材だけに納得ゆくものにしたいと意気込んだものの、そう思うようにはゆかなかった。

そんな時だった。飼い犬といつもの散歩するコースから、その時はだいぶ離れた所まで来てしまっていた。時間も経っていたが帰る気がおきず、見つけた林の中へ入って行った。歩き回りながら、何かヒントになるようなものが見つからないかと、つい夢中になっていた。

犬を放し飼いにして、木から木へ伝わりながら歩くと、心の昂ぶりから私は、いつの間にか林の向こう側に出てしまった。

一息入れながら、そろそろ戻ろうかと思ってあたりを眺めていると、谷あいの方に人家が二、三軒あった。そこへ通じるような裏道が見える。その小道を少し下ると、猫の額ほどの畑のわきに、見事な大木が形良く伸びている。そこまで行ってみようと、犬を呼んで木に近づいて行った。

ほんの二、三メートル手前に立った時、木への挨拶も忘れて私は陶然となった。何とも言えぬ薫りが、辺りを包むようにしていっぱいに漂っている。木が発している薫りであることは間違いない。

とにかく今までに嗅いだことのないもので、ぶわぁーと染み渡ってくる薫りのシャワーだった。

大人が両手で抱えて、二抱えもありそうな大木。それを見上げると、針葉樹かと思わせる枝葉は、晩秋の陽ざしの中で、雄々しい生きものに見えた。

私は激しい感動に身を震わせて、幹に顔をつけた。〈ありがとう、ありがとう〉二、三度繰り返した。その時私は、得体の知れない大きな物に抱かれているような、不可思議な気持ちだった。

どのくらいそこに居たか覚えていない。家に帰り着いてからも半信半疑で、あの薫りの木のことが頭から離れなかった。植物図鑑や百科事典を引っ張り出して調べてみた。落羽松《らくうしょう》という木に似ていた。スギ科に属し、高さは三十〜五十メートルになり、樹皮は縦に繊維状にはげ落ち、永続性の長枝と枯れ落ちてしまう短枝を持つ、落葉性高木とある。薫りについては書かれてなかったが、松や杉などの針葉樹が独特の薫りを発するのは知られるところだが、その範囲での薫りを落羽松が持っていたとしても不思議はない。でもあの木の薫りはそんな尋常のものではなかった。とにかく化かされたという言葉があるが、あの薫りのシャワーに、私は霊的なものを意識せざるをえなかった。

それからしばらく、この不思議な現象が忘れられなかった。もう一度出掛けて行って確かめてみようと思った。それには出来る限りあの日と同じ条件にすべきだと考え、天気の具合と訪れた時間を合わせた。一週間は過ぎていたが、例によって飼い犬を連れ、あの落羽松の下に立ってみた。ところが激しい薫りどころか、何も薫っていないのである。周囲を見渡したところでこの前と同じで、猫の額ほどの畑に草が生えているだけなのだ。私は飼い犬が不思議そうにしているのにもお構いなく、木の幹から根元にいたるまで鼻をくっつけるようにして嗅いでみた。薄すらと木の臭いがするだけで、あの時の薫りらしきものは一切嗅ぎ取ることができなかった。

それでも諦めきれずに、犬の散歩に出てあの林の近くを通った時は、何度となく落羽松の所まで足をのばしてみたが、二度とあの現象に出合うことはなかった。

＊　＊　＊

庭に三本の桜を植えてゆうに三十年は過ぎている。枝《し》垂《だ》れ桜だけは、成木になりかかったものを植えたので二十年ぐらいだが、残りの一本は染井吉野、もう一本は八重桜である。この二本は、家を建てた頃にすぐ植えたので桜らしく見え出すには四、五年はかかった。三本は一斉に咲き出すのではなく、植えた場所柄もあって、枝垂れ桜に少し遅れて染井吉野が咲き出し、そして蕾のふくらみを見ながら待ち遠しく思われる頃に、漸く咲きだすのが八重桜だった。

ところが十年、二十年と経つうちに、染井吉野の生長は、他の庭木に比べてめざましかった。寒肥だ、お礼肥だ、林の中で降り積もった枯れ葉の朽ちかけたものを見かければ、取ってきて、桜の木の根本に撒いたりしたことが一層に生長を速めたのかもしれない。

もともと染井吉野は生長が速いようだ。根は地下に深く入り込む牛蒡《ごぼう》根ではなく、側根が放射状に広がるため、周りに植わっている木々の養分まで奪ってしまう。そのため伽羅《きゃら》であったり椿であったり、気がつかないまま、それらを枯らしてしまったことがたびたびあった。

とにかくその染井吉野は、庭の中央にまで張り出し、他の木を圧するほどに大きくなっていた。ところが花のつき具合となると、どういうわけか以前に比べて芳しくなかった。

植木屋の話では、染井吉野の寿命がおよそ六十年とすれば、この木は四十年近くに来ている。生長するにつれ、主根は相当深く地下に入っている。たとえ牛蒡根でなくとも、その主根部分がこの土地の地下水の高さで冷やされたら、木の生命措置から花をつけて消耗するより、樹勢にばかり気を遣うようになってしまったのだろうと、言うのである。

伐採を決断するまでには時間が掛かった。自分ばかりでなく、この染井吉野がどれほど家中の者に愛されてきたか。隣に並ぶ八重桜が、目立ち過ぎず、雄々しく上に向かって枝を伸ばし、毎年変わらずに見事な花をつけているのに比べ、この染井吉野だけは、良い意味でも悪い意味でも庭芯となって、とにかく手を掛けさせた。それに他の庭木の移植は何度もしたが、この三本の桜だけは、植えた当時のままだった。冬の消毒にも枝振りが大きいため、梅や松に比べて手が掛かった。毛虫も付きやすく、時期が来ると油断が出来ない。その代わり夏ともなると、濃厚な樹液を舐《な》めに、蟬や蜂や虫たちがいっぱいに集まって来る。とくに八月は、蟬の鳴き声で庭での話が出来ないほどやかましかった。また秋には、この木の紅葉が庭の秋のはじまりを告げ、楽しませてくれたし、いろいろな鳥を呼び寄せてくれた。

一般には、桜が花だけの風情としてとられがちだが、それは何と大味な見方だろう。桜は奔馬を思わせるほどに、荒々しい生命力あふれた木だ。あれだけの花を咲かせるのにどれだけのエネルギーを必要とするか。そのためには養分確保に、絶えず活発に活動している木なのである。だから庭木には不向きと言っても差し支えはない。

その日は植木職人が三人でやって来た。かなり大きなクレーンを備えた車を、その染井吉野に近い所へ止めた。私は連絡のあった数日前から、御神酒《おみき》をその根にまいた。そして、とても移植が不可能で、伐採せざるをえない理由を、木に向かってこんこんと念じていた。また当日の朝には塩花をふり、線香を手向《たむ》けた。

作業が始まった。二人の職人が手際よく枝先からノコギリを入れ、それをロープで絡げると、車の中でクレーンを操るもう一人が、切られた枝を荷台の中に運び入れた。午前中には染井吉野は切り刻まれて、根を残すのみとなった。

　昼食を終えた三人は午後になると、根っこを掘り出す作業に入った。これだけは簡単にいかなかった。周囲に植えられている大小の植木の根を傷めないためにも、慎重に掘らざるをえない。たえず太根をノコギリで切らないと掘れない状態にあって、二時間ではとても掘りきれないようだった。ようやく主根がクレーンの力でばきばきと音をたてながら土中から顔を出した時、その染井吉野が絶命の叫びをあげていると私は感じざるをえなかった。

　離れた所に佇みながら、とんだ殺生をしてしまったという気持ちに駆られてきて、涙が流れていた。そして、まさに根こそぎ抜いてしまって出来た大穴は、庭の空虚どころか、私の家そのものの空虚に思えたりした。

　それからひと月も経たないうちに、妻の運転で八日市場へ出掛けた。植木屋だけでも二百軒を越すほどであり、町は植木で埋もれているように見える。今までに何度か買いに行き七、八本は運んで貰っただろう。

　今回は染井吉野の代わりだけに、大物の木を考えていた。赤松か槙《まき》か石榴《ざくろ》、庭木に作られたウバメガシも頭にあった。用意してきた昼食のおにぎりを車の中で食べながら、次々と造園の中を探し回った。妻は初めのうちは私に付き合っていたが、さすがに四、五軒で飽きてしまった。車の中で待つようになった。それでもなかなか気に入ったものが見つからない。陽はだんだん傾きだして、妻の苛立ちが顕わになった頃には帰らざるをえなかった。

　二回目も天気の良い休日に出掛けた。三、四人の造園主にあれこれ薦められたが、気持ちの動くようなものはなかった。

　三度目は、懇意にしている植木屋の親父さんの車で出掛けた。親父さんの知り合いの八日市場の植木屋に、いいものがあるとのことだった。ところが赤松にしても大きすぎたり、石榴は木ぶりが気にいらなかったり、あちこち連れ回らされたが、やはり駄目だった。

　行く先々でお茶を出され、植木の話をきかされた。私が、八日市場に今回だけでも三度目ですが、なかなか気に入ったものが見つからないと言ったら、そんなにまでこだわるお客さんも珍しい、と半分呆れられてしまった。その造園主の薦めもあってその後も二、三軒回って見たが、やはり結果は同じだった。

晩秋の赤みを帯びた陽ざしは、疲れを誘うように傾き掛けて、親父さんも言葉がなかった。帰ることになり、車の方に向かったが、勘違いをして近道のつもりが大廻りせざるをえなくなり、二人でとぼとぼ歩いた。こんなにまで探して見つけ出せない自分の性分をなかば恨めしく思いながら、親父さんには申し訳なさでいっぱいだった。

車が見えるほどの所に来た時だった。脇道の向こうに目をやると、一瞬柿の実かと思えたが、違った。うすぼけたような色をした大小さまざまな実が、弱い陽ざしにも凛として輝いていた。私は吸い寄せられるように脇道へ入って行った。

それは見事な石榴の木だった。古木ほどでもなく、ひと抱えほどの幹の、そのねじれ具合は、かなりの風雪を経てきた証に見えた。実は盛りの時期を過ぎてしまってはいたが、そのなり具合といい、枝葉の張り出しに風格があった。そして道より小高くなった所に、どっしりと座った樹形は、どの角度から見つめようとそれなりに威容があって、一つとして瑕瑾《かきん》となる箇所は見いだせない。

「これですよ、これ。やっと探していた木に出合えましたよ。これなんですよ」

私は木の幹を掌で叩きながら、一人ではしゃいでしまって、相づちを打つ親父さんの言葉など、聞こえないほどだった。

そして、待ちに待ったその石榴の木が、私の家の庭に植えられたのは、一箇月ほどしてからだった。あの脇道で見た時の夕陽を浴びた神々しさは、石榴の実をすべて落としてしまったこともあって薄らいだが、それでも庭におさまると、その姿は周りの木を圧倒するほど存在感を示した。

私はこの木との出合いを偶然とは思いたくなかった。あの帰り道で、道を間違え脇道での一瞥《いちべつ》がなかったら、この木との出合いはなかったはずである。疲れ切った私に、きっとこの石榴は、待ちかまえていて呼び掛けたのである。あの落羽松が薫りのシャワーを浴びせかけてきたように。

その年も暮れ、春を迎える時期が来た。梅が咲きだし椿や沈丁花《じんちょうげ》がそれに続き、白木蓮の蕾も大きくなって、いつもなら染井吉野が咲き出しているはずであった。ところが石榴がそれに代わったおかげで庭の雰囲気は一変した感があった。やはりそれはさびしかった。

そして枝垂れ桜も咲き出す寸前にあったが、その時、八重桜の咲き出しはどうかと思いながら、ふいと目を転じてみて唖然とした。花芽がまったくついていない。枝振りはいつもと変わらずで、今年も例年通りにいっぱいの花をつけるものと気にもしていなかった。

ところが傍に立ってよく見ると、木肌の色も白みがかって、まったく生気がない。染井吉野側に突きだしていた大枝に触って見たとき、愕然とした。その太い枝は枯れてしまっていた。

なぜこんなことになったのか不思議でならなかった。毎年庭木に掛ける気遣いは手抜かりなくやってきたはずで、それが八重桜だけ、こんなふうに急激に衰えてしまうなんて、どう考えても納得がゆかなかった。寒肥も冬の消毒もいつも通りであったし……。

そして五月もそろそろ終わりかける頃だった。その八重桜に大量の毛虫が発生した。それも梅毛虫や松毛虫とちがって、黒みがかった大毛虫である。たしかに八重桜は花もつけずにあの後も枝葉は出たものの、見るからに樹勢を失い弱って見えた。枯れてしまうかもしれないと思ったほどで、手立ても思いつかないままやりすごしていた。私はバケツを持って木に登り、箸で大毛虫をつまんだ。私一人ではとても取りきれないほど、枝先から根元まで行列をなして這っている。最初は嫌がって遠くから眺めていた妻も、いたたまれなくなって軍手をはめ、完全武装してそれに参加してくれたが、さすがに枝先を這う大毛虫は、取りそこなった。それでも、二、三日うちにはほとんどつまみ取ってしまったが、枝葉はまったくといっていいほど消えて空坊主になっていた。弱り目に祟り目、人間と同じような現象を八重桜にみる思いだった。

それにしてもなぜ八重桜がこんなにまで急激に衰えてしまったのか。思い当たるのは去年の染井吉野の一件しかなかった。あの時こんな事も考えられたので、引き抜き作業には、そうとう神経を使ったはずである。ましてこの八重桜が寄り添うようにあったと言っても、その間には躑躅《つつじ》や山茶花《さざんか》もあった。位置は別の側になるが、小倉紅葉《もみじ》などは、もっとも染井吉野に近かった木である。それらがまったく問題なく芽吹いて、花を咲かせているのだから、どう考えても解せなかった。

私は何としてでも八重桜を再生させようと思った。染井吉野を失い、八重桜まで枯らしてしまったら、この庭の春は主が居なくなってしまったも同然で、冬越えの春を待つ喜びなど無に等しい。そこで病虫害の消毒を念入りにやった。一週間おいて二回、それからしばらくしてもう一回は、薬品を変えて行った。肥料は寒肥がくれてあったので、根にやさしい林の中から取ってきた腐葉土をたっぷりまいてやり、配合肥料もやりすぎないように遠目の位置にくれた。

梅雨が明ける頃、八重桜に生気が感じられるようになった。枝葉が少しずつ出はじめて、木肌にも白みが薄れ、最悪の事態は免れたと確信が持てた。

そんなある日、庭に佇みながらぼんやり眺めていると、蘇生してきた八重桜が、妙に淋しく見えた。以前の頃の上に上にと向かって、どの木よりも勢い良く枝振りの力強さを誇った、あの姿からすると信じられなかった。今に思えば、あの染井吉野が大手を広げるように四方に枝を張り出し、八重桜は八重桜で上へ上へと向かって、どちらも対照的な木ぶりだった。

その時ふと思った。この二本の桜は夫婦《みょうと》桜ではなかったろうかと。植えた時期も変わらなければ、苗から三、四年経った状態も一緒だった。そして三十年の歳月を辿ってみても、この二本の桜だけは移植したことがなく、そのままの位置にあった。

それが去年、染井吉野を掘り出してしまったことで、地下の状況は大変なパニックだったに違いない。おそらく染井吉野の獰猛な根の活動は、庭の主のごとく振る舞っていたであろう。それに唯一対抗できたのは、同種のこの八重桜である。両方の根には共生感があって、互いに助け合いながら、枝根の部分では、絡み合うようなところがあったかもしれない。きっとお互いのテリトリーを認め合って、仲の良い地下活動をしていたのだ。

ところが、その二人の仲を引き裂くように、染井吉野だけを取り去ってしまったわけだから、それが八重桜にとって、どれほどの衝撃となったことか。

そう考えると八重桜が不憫だった。急に年を取った老人のように老け込んでしまったのも、無理からぬことと思えた。

私は八重桜に近づいて行った。そして詫びるような気持ちで、その幹に両方の手をついて深く頭を下げた。

『やがて哀しき生きものたち』（角川学芸出版　二〇〇九年）より

解説

〈生きなおし〉の風景
——関口彰の詩の世界

松本邦吉

はじめに

詩人にとっての詩集とはなにか。この問いに多くの詩人が「それは墓標。私の墓だ」とこたえるのを耳にしてきた。ところで、この同じ問いに、関口彰はなんと答えるだろう。かれは「墓標」などとはいわず、「わが詩心よ、ただ安らかにあれ」と、ひかえめによびかけるのではないか。そんな気がする。というのも、あらためて四冊の詩集を読みかえしてみて、かれの詩集はすべてかれの人生と詩作の節目における〈生きなおし〉のための詩集であると確信したからである。

「おそらく書くことを正当化する唯一の理由は、書くという行為が、ある日われわれがわれわれ自身に発した問いかけに、そして、その回答が得られるまでは、一瞬たりともわれわれを安閑とはさせておかないあの問いかけに、答えようと努めている、という点にもとめられるであろう。」とは、メキシコのノーベル賞詩人、オクタビオ・パスの有名な詩論『弓と竪琴』「初版への序」の一節である。その自問とは、パスにとっては、「詩を書き始めて以来、それがなすに値することであろうか」という自問であったが、関口のばあいもまた、自らにむけて同じ問いかけをしつづけてきたのではなかったか。

肉の渦もしくは風の混沌

第一詩集『薔薇の涅槃まで』の話をしよう。この詩集は、たとえば肉の渦もしくは風の混沌とでも名づけるしかない詩作品そのものがくり広げる、自己制御しようのない衝動に巻き込まれまいとして、城塞都市のように見える化された〈構造〉を構築し、詩人はその衝動と安全な距離をとろうとした試みである。その試みのせいで、この詩集は「私が私でない〈怖れ〉」と、その〈怖れ〉をいかに隠蔽するか」を、はからずもモチーフにしてしまったのではなかったか。すなわち、言葉を表現形式の素材としたとき、誰しも原理的に遭遇する、表現が困難な肉の渦もしくは風の混沌のようなものを、いかにその素材で果たすかという、アンビバレントな詩的営為の苦闘のはての詩集のようにおもわれる。

この詩集の構成は整然としているため、全体がおどろくほど清潔にみえるが、それというのもなにより現実世界の介入の封じ込めに成功したからだろう。その戦略にひと役買ったのが、かれが大学時代に多大な影響をうけたという、日本の詩を語るうえで忘れてはならない詩人のひとり、入沢康夫(一九三一~二〇一八)の詩論『詩の構造についての覚え書』(一九六八年刊)における「作品絶対主義」という呪文を信じた(少なくとも信じようとした)からだとは容易に想像できる。

この詩集は、三部からなり、各部のエピグラフとして、三人の詩人、大手拓次、ランボオ、そして、トラークルの詩の断片がおかれている。

ここでは、関口が何度も読みかえしたにちがいないトラークルの詩を一篇、以下に引用しよう。読者は、その詩の世界と、かれの詩の世界がおどろくほど通底していることが確認できるだろう。

恐怖

トラークル

ぼくは、ぼくが人気のない部屋を通り抜けて行く
　のを　見た。
――星たちは狂ったように　青い底で踊っていた、
そして野原では犬たちが喧しく吠えたて、
梢を南風が乱暴に吹き乱していた。

するのと突然、静寂！　湿り気を帯びた高熱が
毒のある花たちを　ぼくの口から咲きほこらせた、
樹の枝からは　あたかもひとつの傷口からのよう
に
蒼ざめた露が鈍く光を放ち滴る、滴る　血のよう
に。

ひとつの鏡の偽りの虚ろから
ゆっくりと、あたかも　運命のなかへ
恐怖と暗黒から身を起こすひとつの顔、カイン！

かすかに　かすかにビロードのカーテンはざわめ
き、
月は窓から　まさに虚ろの中を覗き込むように、
その時、ぼくの傍らには、ぼくを殺す者しかいない。
（『トラークル全詩集』「遺稿」より　中村朝子訳）

関口は、その後、ランボーとはちがい詩を捨てず、トラークルとはちがい時代の果てで自分を殺さずにすんだ。かれは、拓次のように、巷間に身を処する道をえらんだ。

木と風と鳥と

関口は、『薔薇の涅槃まで』と名づけた詩集を上梓すると、自己の内面世界を傍若無人に暴れまわってやまない、悪魔！のような〈現代詩的なるもの〉と縁を切るべく、ひたすら大手拓次研究に没頭した。しかし、そうはいっても、その後もおもいがけないときに詩作の衝動は、天使！のように、ふいに舞いおりてきた。かれの詩の本来のもち味である良質の抒情が泉のように湧きでてくるのは、このあたりからである。「鹿」という作品に、わたしはそれをかんじる。

よみがえる朝の地平
愛の野蛮につまった円筒の胸が

火のような脚線に蹴られて
秘蹟のごとく浮かびあがる
森の喉はつらぬかれて行く
果てへ
鹿は断崖から一輪の花となって
海に抱かれる

（「鹿」後半部分『海への道』所収）

木と風と鳥と。この三つが、とりわけ『海への道』と『風はアルハンブラに囁いた』の二詩集には、よく登場する。木と風と鳥は、かれの詩の根源にひろがる風景の裂けめから、幾たびもあらわれるのだ。たとえば、『海への道』では、「夏の道」「野の唄」「晩夏」、『風はアルハンブラに囁いた』では、「樹木」「春への旋律」「緑愁幻想」「パガン遠望」などに。ほんの数例にすぎないが、つぎのような、平易でかつ内省的な詩句を読むことができる。

風は川を持っている
木々は動いている
鳥は飛んでいるなどとよもやおもうまい

（「野の唄」部分『海への道』所収）

どれだけ風は草の種を運んだろう
鳥は木の実の種を捨て去って行ったか
木槿の白い花が遠くに揺れている
まるで生きることの哀切さみたいに

（「晩夏」部分『海への道』所収）

漂流する鳥達は葉群に抱えられて
風を空からゆったりと送っている
樹木は夢想の達人である

（「樹木」部分『風はアルハンブラに囁いた』所収）

生きもののすべての命が輝く一瞬を
ありとあらゆる美しい営みごとを

心に眠らせたまま
土に木に鳥に風になって
（「緑想幻想」部分『風はアルハンブラに囁いた』所収）

これらの風景は、第一詩集のころにはみえていなかった、おそらくかれの心象の原風景である。そして、この原風景から、木と風と、風と鳥と、鳥と木と、まるで三位一体の一つの宇宙が「秘蹟のごとく浮かびあがる」かのようなのだ。木は、成長しようとする力、〈母なるもの〉、つねに転機の予兆を暗示もする。風は、変化を、新しいいのちを運ぶ力を象徴しているか。そして鳥はといえば、自由奔放でありたい、時には逃げだしたい願望を、自分のなかのアニマ（女性性）を表現していると読むことがゆるされよう。そして、ここで気づかされるのは、これら三つの観念がいずれも〈空《そら》〉を想像させるということ。では、〈空〉とはなにか。それは、何ごとかへの可能性の象徴であり、人生そのものであり、そして、なによりも〈父なるもの〉の象徴のように読めはしないだろうか。

〈内面の声〉を聴くために

そもそも「私」（入沢がいう「発話者」）に〈内面の声〉などというものはあるのだろうか。これは、第三詩集『風はアルハンブラに囁いた』で展開するかれの詩の世界がかれに問いかけた問いであるようにおもわれる。というのも、タイトルにもなった詩の中では、登場人物の人称が「私でないあなた」「あなたでない私」そして「私たち」「あなた」「あなたのいない私」「わたし」と、目まぐるしく交代するからだ。これらはまさしく〈内面の声〉を希求して彷徨しつづける詩人と詩それ自体の発する複数の声といえよう。その複数の声とは、かれの詩を守護する〈神たち〉か、それとも、いくつもの〈秘〉を志向する、ときに〈怒り〉ともなる無数の砂つぶのような、かわききった〈沈黙〉かもしれない。

風景

寂寥とした風景の前に
どれだけ立ちつくしてきたことか

風景はありのままに
眠っているようにも見えるが
平然とした呼吸を繰り返している
眺めるつもりが眺められて
身をさらしていることにもなるらしい
おもいが掻き立てられて
慰めのようなものを得ているとしたら
とんだ誤解の感傷だ
風景に思い入れは慎しまなければならない

風景を眺めようとするのなら
呼吸を合わせて
私も風景になるしかない
この静まりかえる風景こそ
荒々しい自然の組成で生まれた
冷笑家達《シニスト》なのだ

(『風はアルハンブラに囁いた』所収)

この詩を読んで、かれの詩の深層にふれたてごたえを得たとしたら、自然の営みに名を借りた、自然との距離、人との距離、そしてなによりも世界との距離を痛いほど意識させられ、読者はかれの詩作品が描きだす〈実存的孤独〉の風景のなかになげだされている自分を発見することになる。

未踏の森への道

第四詩集『緑のひつぎ』は、あれほど詩人を縛っていたとみえていた〈倫理的姿勢〉があきらかに希薄になり、〈美〉への、すなわち善悪の彼岸への志向がいちだんと強まったようにおもわれる。かれの詩のたどった歳月とは、つぎにかかげる二つの詩の深奥で蠕動するマグマだまりのような〈欲動〉であったかもしれない。それを象徴するのが「幻楽」という造語である。

緑の野は夢見て幻楽のさなか
金箔の思想は
魚のように小花と咲き乱れ
野は群れて毒されている

（「途絶えざる馬」Ⅱ　部分『海への道』所収）

たとえば、つぎの詩の射程と限界をかんがえてみると、詩集『緑のひつぎ』の存在する意味がみえてくるのではないか。

その森の風貌と言えば
コメツガの原生林で形成されているが
仁王立ちした陰樹の群落は
波打つような獰猛な苔の浸蝕に
肉はそぎ落とされ
筋力だけでやせて見える

（中略）

ときおり樹陰から
悶えのた打つような軋みとも呻きとも知れぬ
さざめきの幻聴が……
まぐあいする陰樹と苔の悦びなのか
私は秘めごとの相愛風景のなかで
きりきりとした孤独にさいなまれる

（「幻楽の森」部分『緑のひつぎ』所収）

樹木から森へ。ここでは、『海への道』から幻視されつづけ、三十三年後の『緑のひつぎ』で言語化された、〈幻楽の森〉の風景が、まぎれもなく展開している。歳月をかけ、かれの詩の言葉がよりいっそう始原の心的エネルギーを得て、内なる〈幻楽の森〉は、鬱蒼と樹木を茂らせ、奥深さをいや増してきているのである。入沢康夫は、

「私にとっての『詩』」というエッセイの中で、「すぐれた詩作品は、表面に書かれた『ことがら』を超え、作者個人の思想や感懐さえも超えて、大きな『普遍性』にどこかで確実に繋がっている作品のことである」と、簡潔に語っている。

関口彰の詩もまた、私性を突きぬけて、「大きな『普遍性』」を獲得すべく書かれてきたことはいうまでもない。かれの詩を味わうとは、畢竟、読者もまた自らの未踏の森への道へさまよい出るということなのである。本書が読みつづけられることによって、これからもなお〈生きなおし〉の風景は生成されつづけるだろう。

詩人としての熟成

愛敬浩一

誤解を恐れずに言えば、「一人の詩人を発見したかもしれない」と思った。関口彰の『迷乱の果てに　―評伝大手拓次―』（一九八五年）という著作は、ずいぶんと以前から私の本棚にあったのだが、〝詩人としての関口彰〟についての噂は、どこからも聞こえて来なかったからだ。もちろん、私など、知っていることより、知らないことの方が多いのは承知しているものの、詩誌評や詩集評等を担当した経験もあるので、それなりに情報は持っているつもりだった。だからこそ、逆に、こういう才能が世の中に隠れている可能性も分かっていたとも言える。

既述したように、関口彰には『迷乱の果てに　―評伝大手拓次―』という論考がある。題名の通り、大手拓次についてのものであるが、既に第一詩集『薔薇の涅槃まで』（一九七一年）を刊行していた彼にとって、それが自らの詩作を振り返るものでもあったことは想像に難くない。関口彰が『迷乱の果てに』の中で、「詩を書くという行為の裡に、羞恥の翳りを持つ者なら誰しも、自己の裡に潜む赤裸々な重い闇を引きずり出すにはそれ相応の勇気と、たとえそれが徒労に終わろうとその美学に酔える楽天性、もしくはそれに耐えてゆける狂気のようなものを備えていなければならない。」と、詩人像を書きつけているのも、そこに自らの覚悟があった故であろう。

そのことを、一般的なこととして、技法の面からだけに限って言い換えておけば、次のようなことになろうか。

テーマ（主題）からモチーフ（素材）が離れ、可視的なモチーフによって、そのモチーフの向こう側に、作者の意識そのものを、ようやくテーマに据えることが出来るようになる。眼に見えない詩人の内面を、眼に見えるイメージとして表現するということである。そこに「羞恥」があるかもしれず、それが上手く行くかどうか、誰にも分からない。いずれにせよ、詩の内面的な世界はそこから広がり、詩の難解性という問題も同時に始まる。

沈黙する無数の樹木のすがたは
孤独の集合である
形態は森にも林にも見えるが
固定したまま生きる一木には何の関係もない
樹は直立した逆説である

（中略）

だれ一人として見ることはできなかった
根の土中に繰り広げた奇怪なドラマチック
地層に食い込む獰猛な侵蝕
だれ一人として耳では捉えられなかった
そのたくましい幹の内部に
流れ続ける生命の水音
猥雑な生動のどよめきは枝先まで突きぬけ
木立はすこしも静謐な時間など刻んではいない
厚い樹皮に装われて
生臭く生きている

第三詩集『風はアルハンブラに囁いた』（二〇〇六年）の巻頭にある詩「樹木」の第一連と第三連から引用した。この、明度の高い語り口はどうだろうか。

言うまでもないことだが、これは「樹木」について書かれた詩ではない。「樹木」は可視的なモチーフであり、テーマは作者の、詩人としての意識そのものの方にある。いやいや、むしろ、テーマとモチーフはそのようにずれていること自体が問われているというべきであろうか。

印象的な「樹は直立した逆説である」という一行が、

「眼に見えない詩人の内面」をくっきりと批評的に指し示している。第一連で書かれているのは、詩人の孤立性であろう。そこに何人の詩人が集まったところで、それぞれが抱えているものが同じはずはない。第三連にあるのは、詩人が抱え込んでいる「闇」のイメージ化である。それは「奇怪」であり、「ドラマチック」でもあり、そこには一般的に言われるような、詩人の「静謐」さなど、つゆほどもなく、「獰猛」であり、むしろ「猥雑」なのであるとしている。動くことなく、静かに立っているだけのように見える「樹木」が抱え込んでいる、その隠されている、動的な部分を見ようとしているわけだ。そこで、「樹木」そのものが比喩となっている。上手いものだ。

関口彰が、第一詩集『薔薇の涅槃まで』（一九七一年）や第二詩集『海への道』（一九八七年）で試みて来た自らの詩作を、この詩「樹木」では、作品構造そのもので振り返っていると言ってもいいように思う。ここでは、自らの詩作の意味が穏やかにとらえ返されている。その格闘が徒労かもしれないという苦悩と、反対に、その美学に酔える楽天性と、そういう勇気や狂気など、様々な思いこそが「詩を書くという行為」そのものであったとされている。

第三詩集『風はアルハンブラに囁いた』のあとがきに、次のような言葉がある。

大手拓次の評伝『迷乱の果てに』を書いた時、晩年の拓次にあまりにも人間の成熟がともなわぬのをくさした覚えが明瞭にある。自分がその年齢をとうに越してみて、その見識がどれほど常識的で詩人の熟成というものを見誤っていたか、今に至って多々痛感する。

たぶん、そう自らを省みたことによって、関口彰という詩人は、実のところ、自ら「詩人の熟成」を迎えようとしていたと言うべきではないだろうか。

それにしても、彼が、どのようにして、こんな風に自らの詩を豊かに育てたのか、改めて不思議に思う。

投げ出された不動の肢体のどこかで
私は立ち止まっているのだろうか
匂って来る緑のような腐敗がある
咽喉が渇き
実在のない首がさまよいつづけ
めくるめく光の眩しさのなかにあるような
せつない不明な浮上がつづく
胸の鼓動が収縮して逆流をはじめる
ああ、血の典雅などよめき
私は小鳥のように
狂うような悲鳴をあげかねない

こういう暗喩（メタファー）の駆使が関口彰の、最初期のスタイルであった。第一詩集『薔薇の涅槃まで』の巻頭詩「孤闘」の一節を引いた。眼には見えない詩人の内面が、イメージだけによって構築されている。先ほど引用した詩「樹木」との関連で言えば、「根の土中に繰り広げた奇怪なドラマチック」がそれとして描かれているということになろうか。モチーフからテーマが切り離されているので、読み手によっては難解になり、書き手にとっては果てしのない自由を手に入れたということになる。これが、詩を書くことの苦しみと喜びであるということは、たぶん、「孤闘」という題名から想像出来よう。いや、ここには、生きることと書くことの未分化な青年の思いのようなものが表出されている。

自ら生きてあることを、「めくるめく光の眩しさのなかに」あるように感じ取る瞬間というのは青年期の誰にもあることであろう。同時に、そこに「腐敗」も見て、「実在のない首」のように観念だけが先行し、「逆流」もし、「悲鳴」もあげかねないわけだが、そこに「典雅などよめき」があることも知るのである。そういう風にして、若者の内部に詩が生まれるわけだ。

眠りついた畑のわきを
おし黙る冬の畦道がつづく

裸木のふるえるような空が
遠くに愁いのかたちを描いて
歩く私を威圧している

風景が見えなくなった
心のうちにしみて流れるものがなくなったのか
痛みのように重い塊が沈んでくる

川面に立つと
激しい静けさの中で
水鳥は飛ぶことを忘れずに雲を裂いて行く
想いだけはいつまでも生きているのか
叫びだけが小さくなった

凍てついた水辺では
体のうちで鳴るように
凍裂音がきこえている

第二詩集『海への道』に収録されている詩「冬日」の全行を引用した。ごく普通の叙景詩のように見えるが、私は好きな詩だ。ここには、気がついてみたら、どうして自分は詩を書かなくなったのだろうか、というような反省を読み取ることが出来そうだ。言い換えれば、そういう「反省」によって、詩を取り戻そうとでもしているようにみえる。

忘れてならないのは、第一詩集以後、彼は詩を書かなくなっていたというより、まるで、みずからの詩作を振り返るかのように大手拓次の研究に取り組んでいたことだ。

この「冬日」という詩が「反省」的な内容であるのは、この時期、大手拓次の研究によって、自らの詩作に対しても「批評」的に振る舞っていることの反映かもしれない。

相変わらず「詩人としての意識そのもの」がテーマになっていると読める。ただ、それは作品の裏側に、ひっそりとあり、目の前の、具体的な現実を描くモチーフが鮮明で、一見、ごく普通の、叙景詩のように見える。冬の日の畦道を歩く、作中の「私」の愁いに特別な理由はいらない。季節の移り変わりによって、人があれこれ感ずることに対して、ほとんど言葉にならないような、心の動きがあるだけだ。「風景が見えなくなった」とか、「心のうちにしみて流れるものがなくなった」とかいう思いが、「痛み」であるというのは、いささか強い表現であるとしても、その思いは、水鳥とか、凍裂音などというえる。それとなく暗示されているからこそ、感じ取れるものがあるのだ。

自然の中へゆるやかに溶けるようで、美しい。特に作者の意図などという、裏側まで読まなくてもいいように見

このように、この時期の関口彰の営為は、第二詩集での、現実をそのまま見て、受け入れることと、理知的で批評的な、大手拓次の研究との、二つに分裂していたのではないだろうか。

そして、その果てに、第三詩集『風はアルハンブラに囁いた』によって〝詩人の熟成〟を迎えたというのが、私の批評的な〝見立て〟である。だからこそ、詩「樹木」のような、明度の高い作品がそこに登場したのではないだろうか。

そこで、私は第三詩集『風はアルハンブラに囁いた』までの〝関口彰の歩み〟すべてを含めて、「一人の詩人を発見したかもしれない」などという妄想を抱いたのである。もちろん、言うまでもないことだが、彼の詩は、何も私などに発見されるまでもなく、人に知られている。詩集の帯文は、詩人・八木幹夫氏によるものだ。ただ、その詩の魅力について、これまで、あまりにも語られてこなかったことは事実であろう。

タイトル詩「風はアルハンブラに囁いた」に触れないでは済まされまい。

そこで私の興味は、アルハンブラ宮殿というモチーフというより、関口彰の詩法そのものにあるとだけは言っておきたい。長い詩なので、細断して、特定の部分だけを書き抜き、引用させていただく。

コーランの読誦が聞こえる
私でないあなたがそう囁いてきたのは
坂道を上って
城門に間近に迫ったところでのことだった

私でないあなたは
流れ落ちる疎水にも血のさざめきがあると
戦慄しながらつぶやいた

私でないあなたは言った
「真実の門」からの入場がゆるされたのだと

私が関心を持ったのは、「私でないあなた」という表現のくりかえしである。「あなた」が「私」でないのは当然のことだから、このくどい言い方は不思議であろう。言い換えれば、ことさらに「あなた」が「私でない」とするのは、「私」と「あなた」がまるで未分化で分離していないような意識がそこにあることを示しているのではないだろうか。

おそらく、「私」はアンハンブラ宮殿に入ったところで、自らの意識が自らのものでないような状態になり、まるで幻視し、幻聴するように感受し、意識だけの存在となったのではないだろうか。詩人は何かを感知したのである。だからこそ、反転して自分を取り戻すと、次のようになる。

私たちは記憶の回廊をたどりはじめた
とらえようもない茫洋とした視覚
言いしれぬ感情にとまどう
あなたでない私が立ち止まると
砂漠の海を怒濤のごとくやって来た
イスラムの民の阿鼻叫喚が
幻覚となって現われ出ては消え
涼しげに香るチャドルをかぶせられたような
闇につつまれた
中庭が見えてきた

「夢から覚めたような私でないあなた」とか、「あなたでない私の生き身は生々しすぎる」、あるいは、「息苦しいほどの甘い芳香につつまれたあなたではない私」など、「私」と「あなた」を交錯させ、作品に混沌《カオス》と深みを与えてそのめくるめく語りに、不思議な快楽があり、悲しみさえも、音楽のように美しく響いているのである。

ここでの表記が「あなたではない私」だということから分かる通り、「私」は現実に突き返され、「幻視」や「幻聴」は単なる「幻覚」となってしまう。「幻視」や「幻聴」には、当事者の意識的なものを感じることが出来るが、「幻覚」は受け身であり、単に意識を失っているだけのように思われる。それにしても、この「私たち」とは、「私でないあなた」と「あなたでない私」のことなのだろうか。

もんだいなのは、目の前のアルハンブラ宮殿をモチーフとしているように見えながら、アルハンブラ宮殿が背後に背負っている歴史的な記憶までを同時に幻視し、幻聴し、さらに、「詩人としての意識そのもの」がそこで語られていることなのだ。イスラム教徒の栄華とイスラム教徒が追放された悲劇が、まるで、詩人としての関口彰の「孤闘」の暗喩（メタファー）のようにさえ見える。これを「詩人の熟成」と言わずして何と表現すべきだろうか。

関口彰年譜

一九四五年（昭和二十年）　当歳

十一月十二日、神奈川県秦野町に関口一義・静江の長男として生まれる。二歳下に妹、京子。

一九五五年（昭和三十年）　十歳

小学四年より三年間、担任となる飯塚恒男の師恩篤く、文学への夢抱く。山川惣治の『少年王者』に魅せられ物語の面白さを知る。

一九六三年（昭和三十八年）　十八歳

神奈川県立秦野高校を卒業する。在学中に詩歌の創作を始める。牧水、中也、朔太郎らの詩歌の影響と、ドストエフスキーの小説に親しみ、小林秀雄を知り、影響は大なるものあり。

一九六五年（昭和四十年）　二十歳

明治学院大学文学部仏文科に入学。下村康臣、善明修四、山下平らと同人雑誌「碧鈴」を創刊する。当時仏文科助教授で詩人の入沢康夫に多大な影響を受ける。同年生には八木幹夫、倉田比羽子らがいて親交を持つ。再発性慢性膵臓炎となり、大学病院を転々として苦しむ。大学は一年遅れて卒業。ランボオ、ヴァレリー、ラディゲ、トラークルを耽読する。

一九七〇年（昭和四十五年）　二十五歳

国語教師になるため早稲田大学文学部日本文学科に学士編入する。俳句「鷹」同人、しょうり大と親交を持ち、同人誌に評論を掲載。神保五彌教授の知遇を得て、公私に渡って薫陶を受ける。「碧鈴」同人は廃刊となり、第二次同人誌「ひ」に参加。前メンバーに矢岡次郎が加わる。評論に深く興味を持つと共に、大手拓次にのめり込む。

一九七一年（昭和四十六年）　二十六歳
詩集『薔薇の涅槃まで』都市出版社より刊行。翌年、早稲田大学卒業後は東急エージェンシーの嘱託のコピーライターとなり、中央宣伝に移り、友永幸二郎と出会う。雑誌「青年」にエッセイを掲載。

一九七二年（昭和四十七年）　二十七歳
「悲」同人誌廃刊となり、下村康臣、九州の福岡へ帰郷となる。

一九七四年（昭和四十九年）　二十九歳
私立本郷高校国語科教師となる。紀要「塔影」に大手拓次評伝「迷乱の果てに」を八年に渡って掲載。画家、唐沢政道と親交を持つ。翌年に小塚洋子と結婚。

一九七七年（昭和五十二年）　三十二歳
東京都在住から千葉県印旛郡栄町へ転居する。翌年、妹の京子、三十歳にて死去。

一九八〇年（昭和五十五年）　三十五歳
二宮喜延が主宰する詩誌「幻青」に、友永幸二郎らと参加し、詩人、宗左近に知遇を得る。

一九八二年（昭和五十七年）　三十七歳
『本郷学園六十年史』を二年間専従して、千二百万の費用を掛け凸版印刷より刊行。韓国修学旅行にて、画家、李根伸と親交を持つ。

一九八五年（昭和六十年）　四十歳
大手拓次評伝『迷乱の果てに』を刊行。画家、齋藤カオルに知遇を得る。詩誌「幻青」廃刊。

一九八七年（昭和六十二年）　四十二歳
大手拓次生誕百年記念に、前橋図書館大ホールで、「大手拓次の可能性」の講演をする。詩集『海への道』を刊行。

一九九三年（平成五年）　四十八歳
図書館主任の立場から、図書館報の発行を生徒等と長年続け、黒澤明や宮崎駿のインタビュー、国連協会からの感謝状等により、私学教育研究所の依頼で、「高校図書館はどうあるべきか」を講演。

一九九五年（平成七年）　五十歳
教職員組合の委員長となり、本郷学園の改革に取り組み、機械科・デザイン科・理数科を廃して、普通科の一本化に尽力する。

二〇〇六年（平成十八年）　六十一歳
三月、六十歳で本郷学園を退職する。詩集『風はアルハンブラに囁いた』を、ふみくら書房より刊行。画家、佐藤忠弘と親交を持つ。

二〇〇七年（平成十九年）　六十二歳
父、一義、九十一歳にて死去。

二〇〇九年（平成二十一年）　六十四歳
小説『やがて哀しき生きものたち』を、角川学芸出版より刊行。同人雑誌「遠近」に二年間入会。小説家、難波田節子と親交を持ち、評論家、勝又浩を知る。

二〇一八年（平成三十年）　七十三歳
小説『業苦の恋』を、鳥影社より刊行。詩人、愛敬浩一と親交を持つ。

二〇一九年（平成三十一年）　七十四歳
母、静江、九十四歳にて死去。千葉より小諸市へ、冬を除き転居する。

二〇二〇年（令和二年）　七十五歳
詩歌集『緑のひつぎ・秘めうた』を鳥影社より刊行。

新・日本現代詩文庫 153 関口彰《せきぐちしょう》詩集

発　行　二〇二一年五月十日　初版

著　者　関口　彰
装　丁　森本良成
発行者　高木祐子
発行所　土曜美術社出版販売
〒162-0813　東京都新宿区東五軒町三―一〇
電　話　〇三―五二二九―〇七三〇
ＦＡＸ　〇三―五二二九―〇七三二
振　替　〇〇一六〇―九―七五六九〇九

印刷・製本　モリモト印刷
ISBN978-4-8120-2617-5　C0192

新・日本現代詩文庫

土曜美術社出版販売

- 141 小林登茂子詩集　解説 高橋次夫・中村不二夫
- 142 万里小路譲詩集　解説 近江正人・青木由弥子
- 143 稲木信夫詩集　解説 広部英一・岡崎純
- 144 清水榮一詩集　解説 高橋次夫・北岡淳子
- 145 細野豊詩集　解説 北岡淳子・下川敬明・アンバル・パスト
- 146 川中子義勝詩集　解説 中村不二夫
- 147 山岸哲夫詩集　解説 井坂洋子・藤本真理子・苗村吉昭・武田肇
- 148 天野英詩集　解説 小川英晴
- 149 愛敬浩一詩集　解説 村嶋正浩・川島洋・谷内修三
- 150 山田清吉詩集　解説 松永伍一・広部英一・金田久璋
- 151 忍城春宣詩集　解説 野田新五・周田幹雄
- 152 丹野文夫詩集　解説 倉橋健一・竹内英典
- 153 関口彰詩集　解説 松本邦吉・愛敬浩一
- 清水博司詩集　解説 〈未定〉

〈以下続刊〉

- ① 中原道夫詩集
- ② 坂本明子詩集
- ③ 高橋英司詩集
- ④ 前原正治詩集
- ⑤ 三田洋詩集
- ⑥ 本多寿詩集
- ⑦ 小島禄琅詩集
- ⑧ 新編菊田守詩集
- ⑨ 出海溪也詩集
- ⑩ 柴崎聰詩集
- ⑪ 相馬大詩集
- ⑫ 桜井哲夫詩集
- ⑬ 新編島田陽子詩集
- ⑭ 新編真壁仁詩集
- ⑮ 南邦和詩集
- ⑯ 星雅彦詩集
- ⑰ 井之川巨詩集
- ⑱ 新々木島始詩集
- ⑲ 小川アンナ詩集
- ⑳ 新編井口克己詩集
- ㉑ 新編滝口雅子詩集
- ㉒ 谷　敬詩集
- ㉓ 福井久子詩集
- ㉔ 森ちふく詩集
- ㉕ しま・ようこ詩集
- ㉖ 腰原哲朗詩集
- ㉗ 金光洋一郎詩集
- ㉘ 松田幸雄詩集
- ㉙ 谷口謙詩集
- ㉚ 和田文雄詩集
- ㉛ 新編高田敏子詩集
- ㉜ 皆木信昭詩集
- ㉝ 千葉龍詩集
- ㉞ 新編佐久間隆史詩集
- ㉟ 長津功三良詩集
- ㊱ 鈴木亨詩集
- ㊲ 埋田昇二詩集
- ㊳ 川村慶子詩集
- ㊴ 新編大井康暢詩集
- ㊵ 米田栄作詩集
- ㊶ 池田瑛子詩集
- ㊷ 遠藤恒吉詩集
- ㊸ 五喜田正巳詩集
- ㊹ 森常治詩集
- ㊺ 和田英子詩集
- ㊻ 伊勢田史郎詩集
- ㊼ 鈴木満詩集
- ㊽ 曽根ヨシ詩集
- ㊾ 成田敦詩集
- ㊿ ワシオ・トシヒコ詩集
- 51 高田太郎詩集
- 52 大塚欽一詩集
- 53 香川紘子詩集
- 54 井元霧彦詩集
- 55 高橋次夫詩集
- 56 上手宰詩集
- 57 網谷厚子詩集
- 58 門田照子詩集
- 59 水野ひかる詩集
- 60 丸本明子詩集
- 61 村永美和子詩集
- 62 藤坂信子詩集
- 63 門林岩雄詩集
- 64 新編原民喜詩集
- 65 新編濱口國雄詩集
- 66 日塔聰詩集
- 67 武田弘子詩集
- 68 大石規子詩集
- 69 吉川仁詩集
- 70 尾世川正明詩集
- 71 岡隆夫詩集
- 72 野仲美弥子詩集
- 73 葛西冽詩集
- 74 只松千恵子詩集
- 75 鈴木哲雄詩集
- 76 桜井さざえ詩集
- 77 森野満之詩集
- 78 坂本つや子詩集
- 79 川原よしひさ詩集
- 80 前田新詩集
- 81 石黒忠詩集
- 82 壺阪輝代詩集
- 83 若山紀子詩集
- 84 香山雅代詩集
- 85 古田豊治詩集
- 86 福原恒雄詩集
- 87 黛元男詩集
- 88 山下静男詩集
- 89 赤松徳治詩集
- 90 梶原禮之詩集
- 91 前川幸雄詩集
- 92 なべくらますみ詩集
- 93 津金充詩集
- 94 中村泰三詩集
- 95 和田攻詩集
- 96 藤井雅人詩集
- 97 馬場晴世詩集
- 98 鈴木孝詩集
- 99 久宗睦子詩集
- 100 水野るり子詩集
- 101 岡三沙子詩集
- 102 星野元一詩集
- 103 清水茂詩集
- 104 山本美代子詩集
- 105 武西良和詩集
- 106 竹川弘太郎詩集
- 107 酒井力詩集
- 108 一色真理詩集
- 109 郷原宏詩集
- 110 永井ますみ詩集
- 111 阿部堅磐詩集
- 112 新編石原武詩集
- 113 長島三芳詩集
- 114 柏木恵美子詩集
- 115 近江正人詩集
- 116 名古きよえ詩集
- 117 新編石川逸子詩集
- 118 佐藤真里子詩集
- 119 河井洋詩集
- 120 戸井みちお詩集
- 121 金堀則夫詩集
- 122 三好豊一郎詩集
- 123 古屋久昭詩集
- 124 佐藤正子詩集
- 125 川端進詩集
- 126 桜井滋人詩集
- 127 葵生川玲詩集
- 128 今泉協子詩集
- 129 柳内やすこ詩集
- 130 新編甲田四郎詩集
- 131 大貫喜也詩集
- 132 今井文世詩集
- 133 中山直子詩集
- 134 林嗣夫詩集
- 135 柳生じゅん子詩集
- 136 原圭治詩集
- 137 森田進詩集
- 138 水崎野里子詩集
- 139 比留間美代子詩集
- 140 内藤喜美子詩集

◆定価（本体1400円+税）